涛声人面

张曼菱 著

人民文学出版社

图书在版编目（CIP）数据

涛声人面/张曼菱著.—北京：人民文学出版社，2016
ISBN 978-7-02-011481-8

Ⅰ.①涛… Ⅱ.①张… Ⅲ.①散文集—中国—当代 Ⅳ.①I267

中国版本图书馆 CIP 数据核字（2016）第 045573 号

责任编辑　刘　稚
装帧设计　李思安
责任校对　李晓静
责任印制　王景林

出版发行　人民文学出版社
社　　址　北京市朝内大街 166 号
邮政编码　100705
网　　址　http：//www.rw-cn.com

印　　刷　三河市鑫金马印装有限公司
经　　销　全国新华书店等

字　　数　133 千字
开　　本　880 毫米×1230 毫米　1/32
印　　张　6.875　插页 3
印　　数　1—6000
版　　次　2017 年 1 月北京第 1 版
印　　次　2017 年 1 月第 1 次印刷

书　　号　978-7-02-011481-8
定　　价　25.00 元

如有印装质量问题，请与本社图书销售中心调换。电话：010-65233595

卷首语

致 大 海

普希金

再见吧,自由奔放的大海!
这是你最后一次在我的眼前,
翻滚着蔚蓝色的波浪,
和闪耀着娇美的容光。
好像是朋友忧郁的怨诉,
好像是他在临别时的呼唤,
我最后一次在倾听
你悲哀的喧响,你召唤的喧响。
你是我心灵的愿望之所在呀!
我时常沿着你的岸旁,
一个人静悄悄地,茫然地徘徊,
还因为那个隐秘的愿望而苦恼心伤!
我多么热爱你的回音,
热爱你阴沉的声调,你的深渊的音响,
还有那黄昏时分的寂静,
和那反复无常的激情!

目 录

1. 华丽登场　　1
2. 多梦之年　　8
3. 丽人归来　　19
4. 海岛除夕　　32
5. "诱拐"　　44
6. "办公室里的女人"　　52
7. 笔底乾坤　　62
8. 夜半奉召　　71
9. 财富烟云　　81
10. 我的助理小姐们　　93
11. 流"金"岁月　　110
12. 花容之狱　　143
13. 海甸岛风景　　153
14. "楼外楼"　　162
15. 天涯文人　　175
16. 情敌相见　　181

17. 豆豆、威姐、竹蓉　　　　　189
18. 家乡菱与海南粽　　　　　　200

后记:"摸着石头过河"的鱼虾们　　211

1. 华丽登场

一九八七年十月,海南宣布办"大特区",成为中国和世界关注的热点。

十一月,受到《当代》杂志社的邀请,我参团访问海南。

登岛的一伙文人理所当然地成为省委书记许士杰的座上宾。

海南特区政府的所在地是一座椰树环绕的院落。接见大厅简朴大气。不记得是否有吃饭招待了。当时充盈在人们脑际里的都是一些对未来的想象,奇妙而让人激动。

许士杰打着绑腿,显得年富力强。他将来特区看作是又一次"革命的起步"。这是一位极具诗人气质的领导者。

同行的作家有王朔、王海鸰等,那时他们还没有大露头角。大家兴致勃勃地询问了诸如如何到海南来居住,户口怎么处理等问题。

而我刚从美国"好莱坞"归来。电影《青春祭》参加"中国首届电影新片展"。我应邀考察了美国主要的影视公司和艺术学院。正是满腹的壮心与梦想,如俗话说的"瞌睡遇上枕头"。

那年,北京电影制片厂和八一厂都看中了我在《当代》杂志发表的小说《唱着来唱着去》,都邀请我去改编剧本。

我在北影厂的仿青楼住了一个月。听说大导演陈怀皑也欣赏这个关于塔吉克民族的题材。最终剧本出来,大家都喜欢,可是一句"没有钱",就"打了水漂"。

这说明中国的电影厂制度已经走到尽头。

作为一个作家,我亦不满意影视界对文学作品的肆意篡改。我想成为一个具有文学精神的影视人。

我当场向许士杰表示,有意到特区来做一个独立制片人。

许士杰注意地听着我的话,他说:"大特区欢迎你,到海南来开创新的影视业吧。有什么困难可以找我。"

陪同在场的海南出版社洪社长提出,希望我来写一部描写海南大特区的小说。

这正中下怀。我暗自在想,书出版后,我就将它拍成电视剧,一举实现我的梦。

在我离岛之前,合同就送到了我的手中。

一切都在"给力"。

访问团在海滩上游泳。有人在谈恋爱,有人在撮合。温润的海风释放了我们,扑面而来的是南方的诱惑。团员们一路上讲着各种有颜色的笑话、俚语。这是我参加的情调最轻松的一次笔会。

我们去了三亚,记得一路上都是甘蔗田、胡椒园、槟榔树。当时也没有心思游山玩水,一门心思就想着把大陆那边的事情处理了,脱身来海南。

很快,我第二次登岛,依然是高调的。由一位年轻的旅游局长邀请,我只记得他姓夏了。

我们是在三亚邂逅的。他和我交谈了一会儿,就立即提出,请我参加即将在三亚举办的中国首次"铁人三项赛"。

当时我还不知道什么叫"铁人三项赛"。他耐心地给我讲解,我马上有了兴致,因为我也是一名野外运动的爱好者。

离开北京那天,我到沙滩中国作家协会去道别,夏局长亲自开车到作协去接我,作协的"头儿"鲍昌一直送我到大门口。

没想到这是我和鲍昌的最后见面。我这一走,也永远地告别了作协这个我曾经栖身的机构。

岁月太稠,事情接踵而来,容不得人再回首。

这次去海南的同行者有姜文、田华和一位当时已经崭露头角的贾记者。

田华依然秀丽,性格很温和,爱替别人着想。

姜文很机智,一路上,我们能搭得上话。乘渡轮的时候,大家都蹲在生锈的船舱里,但情绪不错。

一年后,在广场我们再次相遇时,姜文戴了墨镜,我没认出他,他认出了我。"曼菱我们合个影吧。"他叫同行的人给我们拍照。以后再没有见到,也没有机会要那张珍贵的照片了。

三亚的"首次中国铁人三项赛",还真来了不少国外的运动员。比赛的设施不全,尤其"安全"这一块,如果出了问题,连抢救的条件都不具备。

这使我们这些"嘉宾"们感到既有风险而又刺激。

幸好一切顺利,"铁人"就是铁人。

夏局长成功了。他告诉我们,运动员们都说,这儿的沙滩、海水和跑道都是这项比赛最优良的场地。将来举办比赛,他们还愿意再来。

夏局长敢于先声夺人。他使我领略到,所谓海南精神,就是"敢拼"。有一首歌叫《爱拼才会赢》。

那时候中国摇滚音乐正在登上时代的平台。很多歌唱的就是现实,现实中的人们和心声。

比如《一无所有》,那真像是闯海人的情歌啊!

> 我要给你我的追求,还要给你自由,
> 可你却总是笑我,一无所有。

"铁人赛"结束后,我没有返程,自己一个人来到海口,开始进行创作前的"采风"。

这时候,在海口的广场、街头已经出现了大批的流浪人群,他们兴致勃勃,谈笑风生。因为报纸上称"十万人才下海南",说这是一股"人才潮",岛民就管他们叫"人才",带点调侃的意趣:

"喂,那个'人才'这几天怎么没有来卖饺子了?"

"昨晚上被那些'人才'唱歌唱到天亮,没法睡觉啊。"

流浪的人们开始以包饺子谋生,干脆就叫"人才饺子"。有的就用纸写出这样的牌子,挂在树上。大家看了都笑。

有时候,我也混在大学生的饺子摊上,帮着做生意。

当地人说:"怎么还有你这么老的大学生?"

我说:"离婚了!"

对方理解地点点头:"不要紧,在这里找一个,这里人多。"

漂泊，似乎是青春的权利，青春的标志。

不管怎样，岛民和大陆人都相信，在这人流中是有着可以龙腾虎跃的人才的。他们正在等待时机的到来。

那时岛上的感觉就是“人多”，各种各样的人都有。林子大了，什么鸟都会飞来。希望也由此堆积而多。

最初上岛的大陆人，互相间有一种拓荒者的感情与认同。

“和我们一起吃吧!”“和我们一起走吧!”“到我们那儿去吧!”

这是时常听到的话。

谁不爱自己的家？
谁愿意浪迹天涯？
只因为走自己的路，
只因为种子要发芽。

这支歌叫《海南梦》，曾经由数百名“闯海”者在海口的“三角地”弹着吉他集体演唱。

海口有一块“三角地”，是在街道和椰树之间形成的绿色草地。每天晚上，“人才”们都在这儿聚集，传播消息，互相沟通。有的人要告别，有的人还在坚持。

那时，一张大字报甚至小字报就可以聚集万众。

曾经发生过“人才游行”的事件。

“人才”们喊着“我们要工作!”“我们要留在海南!”的口号。人群游行到了特区领导所在地，省委书记许士杰出来安抚大家。

他流泪道:"现在没有巨额的投资,没有大的工程开发,因此吸收不了那么多的人才,让大家就这样睡在街上,我对不住大家。只有请大家先回去。等发展了,再欢迎大家上岛。"

那时候没有官民的鸿沟,上岛就是海南人,大家都爱这块"特区",都想知道海南的事情怎么办。

这些随着第一声惊雷到来的人群,回去了,海南岛一时又清静了。但这些人的心并没有回去,他们仿佛是过来"踩点"的。等到时机成熟,新的政策下达,海南优势形成,这第一批"人才"基本上都回来了,并且带来了更多的人。

这是二十世纪九十年代风靡全中国的"海南潮"。

那个年代最有实力和魄力的,以及最没有出路前途的人们;中国社会的两个极端层次的人,几乎都到过海南岛,有的留下来,有的几走几留。

在海口的街头巷脚,总会有一只火炉,上面炖着香香的牛腩萝卜。这是当地的传统民间伙食。

我爱吃牛腩饭,便宜好吃又营养。一盘子米饭,扣上一勺滚烫的牛腩,有点像过去"困难时期"在我家乡兴起的"带菜饭",但更有风味。

离开海南后,我再没有吃过那么香,火候那么恰到好处的牛腩。

牛腩饭为海南最初的开发做出了巨大贡献。没有一个打工仔和后来的老板,不曾吃过几天牛腩饭的。

如果海南没有牛腩饭,如果海南没有那么多的多彩多汁的水果,如果海南没有那样纯朴、嘴快、不爱记仇的岛民,如果没有那么多的椰子树覆盖大地,如果没有最初的领导许世杰和梁湘那样的热情感召与襟怀,那么,是不会有"十万人才下海南"的历史壮观的。

汹涌澎湃的"海南潮",载着中国人冲决旧制的梦想。

2. 多梦之年

最初的海口,就是几条旧街,跑着"蹦蹦车",一种摩托改装的载人车,跑起来"蹦蹦"直跳,在震动中跑,坐得你的肌肉发颤。

现在想来,这就是那时海南的性格。在震动中奔跑。只有受得了震颠、噪声,才能前进,才有海南的开发。

各家店铺门口,都是那种小发电机,也在"嘣嘣"地发出噪声和油味。幸好海风来回冲荡着。如果在内地,这么多的污染云集,早就狼烟四起了。但海南不会。在海南,什么样的垃圾、什么样的污气都能在瞬间荡涤一净。

这是一个富氧之地,在这里,人不会头疼。在这里,再晚的夜生活,也不会令人困倦。

海南的旅馆,我住进去的时候,发来的拖鞋是一顺的,都是左脚。我要求换,服务员说:"就是这样子的啦!"

原来,当时大陆客人太多,都穿了皮鞋,一到海南热得脚痒,就把人家的拖鞋穿走。于是旅馆就想出这一招,让你穿走,都是一顺的,在屋里对付可以,走路就硌脚了。这样,拖鞋才不再丢失。

这就是海南方式,不必吵架、讲理地费神,就是想办法让你"守规则"。

海南的服务员,最初令我很不习惯。早上一醒过来,她已经在你的床前了。那感觉,好像她是我妈一样自然。

原来她叫我快起来,她要收拾床铺。我说:"不用,我还要睡。"她说:"等我收拾完了,你再打开来睡吧。这样不耽误我做工。"

只能是气呼呼地起床了。一面犯困一面坐在那儿等她收拾。觉得她真是专门来与客人作对的。

晚上回来,时常是停水的。于是一身热汗地倒在床上。睡到半夜,忽然有人打门,像打雷一样,不得不起床去开门。

一看是服务员,正没好气,只听她急切地说道:"水来了,快去洗澡。等会儿又没了。"

这时气全消了,满怀感激。赶快去水房打开水,好一阵痛快地冲凉。

听见她还在外面,轮番地敲那些睡死的房客。

第二天起来,对这家旅馆顿时就有了亲切的印象。

海岛上的人们天然就接近"市场经济"的操作和理念。海上打鱼的生活本来就是一场自由与自然的拼搏。

大海令人清爽,海南人很爽气,在海南你可以随便砍价。

老板说:"哎呀,我这是跳楼价,看你这么有气质,我才舍本卖给你的。"

我说:"老板,我买了你这条裙子,回去就要离婚了。"

大家说说笑笑把生意做成。

回到大陆,如果你也想照此砍价,对方难保不立马翻脸,甚至恶语相加。

利用大陆与海南的政策反差,把握时机,就可以得到利益,也可以办成一些事情。这一点,是所有早期上岛来的人都很快就明白的"优势"。

时常听到一些人"倒"水泥,"倒"槟榔,"倒"椰奶,利用政策差价,大挣了一把。所谓挖到了"第一桶金",然后就可以做自己想做的事情,或者回大陆去了。不过得手之后,往往很难罢手。一般都要干下去。

以"采风"的名义滞留海南,我也受到大潮的引诱,想用一下我的"优势"。

一开始,我想联合北京大学、清华大学和人民大学的师资和教学资源,在海南办一所"南亚实验大学"。

那时的人们在和风丽日下面畅想着未来,想干什么就开始去干。

我看上了原属通什州委的房子。高山地势上封闭独立的大院,非常适合办学,地方又凉爽。

我回到北京大学,对季羡林先生讲:中国缺乏一所培养年轻人直接走向职场的大学。北大清华培养的都是"潜人才",这种潜在人才到社会上、单位里还需要进行一段训练,才能真正承担专业工作。

那时候,我与海南的一些企业界人士已经有接触,他们时常说"找不到人用"的话。有的要我帮助介绍一个得力的秘书来,有的说缺副总,有的还要我办个学校替他们"培训太太"。话虽系玩笑,但是,整个社会显然急需一批实用的人才。

当时北大清华毕业的学生,多数是供应大学当教员的,将他们学到的知识再传授给后来的学子。他们从没有走出校门去。这样一代又一代,单亲繁殖,越来越远离社会。唯学校而学校。

大学一上四年。大学的围墙不像中学,中学生是每天回家,回到社会的。大学一进,基本封闭,时间一长,年轻人就成为"校园人"了,对社会产生不适应症。所以,我设计的这所大学,只需上两年,就可以直接向社会各部门输送人才,并且,毕业前夕就可以让用人单位来校园挑选。这样学生们的"校园心理"就会受到冲击,培养目标就是从业,也更加现实。

至于一个学生是不是有深造的前途,那么通过一阵社会的职业实践,自己也会判断,可以重新选择是否回到学校。对于这样的人,再开设研究生班,就更加地有方向了。

其实我自己就是一个具有"校园心理"的学生,毕业后依赖着"专业写作"的条件,长期住在北大勺园,混在学生里去食堂吃饭。感觉自己越来越像一个"依附者",校园的风光已经不属于我,而社会的环境与新关系、生活的道路却没有去开拓。表面上很优越,骨子里却渐生空虚、徘徊。

幸好写作支撑了我。两去西部,见识了美丽山河与新疆民族,于是才对校园的单纯发生了隔膜。尤其是出访美国,看到一个完全不同的社会,也感觉出自己的国家即将有惊天动地的大变。果然,回国不久,就得到海南开放、与国际接轨的消息。这一次海南行,与我去新疆意义完全不同。

海南将成为一个新的胚胎,向人们展示一个开放的新世界。

我在校园积压的郁闷和在美国受到的冲击,都将在这个热岛上找到出路。

同一个国家一样,一个人新的一步,也是通过对他自己的反省而来。

季羡林听到我雄心勃勃的阐述,以为很好。我请他出任这所学校的校长。他欣然答应,并说,让我当"代理校长"。我们还打算向东南亚招生。

不久,季羡林就从韩国筹到六十万韩币。

李玉洁打电话来说,钱放在北大东语系,让我用发票去取,用"买仪器"的名义就可以。

我又联系上了于光远的弟子,我的同乡赵柄宽老师。他也支持我。

曾经为了想参加第一批"南极科考",赵老师推荐我去见过于光远先生。

那时候的我,刚从北大毕业,好像是才出笼的一屉包子,冒着热气,属于社会上最鲜活的那些分子。

记得赵老师的夫人,人称"活着的张志新"。我去过她家,看她体貌健壮,长发束起,正在厨房里与保姆一块择菜。一看而知是一个干练的人。

我打算去找周培源,向他要求发行"教育股票"来筹集资金。

那时候的感觉,"条条道路通罗马",理想之门敞开了。

正在兴头地上蹿下跳着,结果得到了国家"不承认民办大学"的消息。

此事戛然中止。季先生那儿的钱,我也没去取。"无功不受禄",不见社会成效,岂敢花那募来的钱?跑来跑去,花的全是自己的钱。

我立刻又把精力放到另一件事上。

我在海口遇见了一个人,他拿着陈荒煤的手印。原来荒煤叫他来找我。

我对他说,我们来设计开办一个刊物《中国小姐》吧。

当时全国只有一个女性刊物《中国妇女》,实在是不能满足发展中的中国女性的要求,内容也太陈旧了。记得我在海南专门买了一本,打开来,第一眼就是有关"女工喂奶"的时间保障问题。中国女性在这个大时代里面临的那么多的突如其来的问题,一个没涉及到。

我将十四岁至四十八岁都定位于"中国小姐"的范畴。"小姐"这个最先在海南出现的称号,开始是满含着对女性的赞美与优雅感的。

我要用这个刊物继续阐述我在北大竞选时提出的"东方美"的观点。

多年之后,我到台湾去,发现自己当年有一点像我们的蒋梦麟校长,"君子不器",不看守着自己已经走成的平坦大道,却喜欢应和时代的呼唤,将自己变换成另外一种人。

但是世间事祸福相倚,我又总是被当头棒打回,末了还是乖乖待在"写作"这条路上了。

《中国小姐》方案的投资方策划和第一期栏目都弄好了。记得有"著名小姐""小姐误区""小姐红灯"等等历史和社会的内容。

可回到北京,荒煤却对我说,大陆一干女作家和女编辑听到这个事,都要求参加,要"轮流执政"。荒煤劝说我:"你还要写东西,就别一个人干了。"

我说:"我当然会有队伍,我写东西不妨碍,我会培养副总编辑,刊物上了路就会有稿子。可是我辛苦创业的刊物干吗轮流执政?那谁对投资方负责?"

荒煤和那班女士在大陆是没有"投资方"这个概念的。

当然,他们也不懂得"法人"是不可能轮流当的。

这都是一些在文坛有名有姓的人。却连常识都不懂,还不如一个闯海的普通人。

为何在草创之际她们不来"轮流"奔波?

每天在街头乘坐"蹦蹦车"。海南的太阳是"会咬人"的。海南的消费远比大陆要高。

一天,我在省委招待所里遇到了作协的张锲。他以为我也住在那儿。我告诉他,我住不起,只能住小店。他同意给我一笔写作的地区补贴。两千元,花不了多久。

海南的事情,可不是一位老领导说了就能办的。事情是要有人去担着的。这些尊贵的女士怎么会提得出这个不劳而获的要求?

在这个岛上没有一个人会接受这个和想出这个来的。今后的"责权利"怎么划分？显然,海南与大陆,已经"二元分离"。做的和想的都是两码事了。

我决心:要走出"这一群"去。

海南给了我更大的世界和更强的个性力量。一气之下,我不干了。投资方自然也跟着我撤了。

从那以后,我不许别人再叫我什么"女作家"。那里面带着一股子撒娇和不晓事的难受劲儿。

"批判的武器不能代替武器的批判。"这是我从"文革"时代学到的最有用的马(克思)恩(格斯)语录。虽然"市场经济"的调子已经唱得天下皆白,但是大陆那边的人们根本就不明白,这有什么差别。

一面干事,一面要破除传统观念,真难！问题是时常导致我心态不稳。比起那些"只管赚钱"的单一奋斗者,心思重的人要麻烦多了,并且牵制了实际的操作。这才明白,"文化高"也不见得是优势啊。

看人家,是有路就走,无路就回头,另外找路。而我却还要在歧途上沉吟良久,大哭而返。即便另外还有路,也难免耿耿于怀。心思太重了。我的付出是双倍的。怨气也是难免的。

这是一种"以文化为归宿"的个性,也是后来我最终放弃公司经营,回到青灯黄卷下的重要原因。

也许,小试辄止,观察体验纪录,才是时代赋予我的真正使命吧。

在海南,人们在追求事业的时候,还有一个更加强烈的欲望,就是追求一种更加自由的生活。

对于我,这很现实,我对传统思维的压迫深有切肤之痛。

曾经在大学里,冬季戴了一顶自己做的皮帽子,班里的书记就找我谈话。

分配进单位,有一回到市委机关食堂吃饭,领导就找我,问:"是否穿了超短裙?"我请他"用尺量一下。就是身上这一条"。他说:"好像也不短。"然后请我原谅他,说是:"有人反映,不得不管。"

大陆某些同胞,连领导都惹他们不起。

当时一起毕业的同学们都在单位老实待着,一面开始谈婚论嫁,一面在等着"分房子"建立自己的小窝。而我是最早得到新房子的人。天津作协一下子给了我一套三室一厅。

然而在当年的城市生活中,要支撑起这套房子,当务之急也是赶快嫁人,两人锅瓢碗盏、同舟共济。

我迟迟不愿意迈出这一步,而因此单身地占有着住宅,也给我的小区生活招来了无端的是非烦恼。首先"敢于单身"对世俗就是一种挑战吧。

这次我从美国归来,带回一些照片,其中一张是我与《飘》的男主角合影。

我扮成郝思嘉,就是脑袋伸进去的那种模型摄影。

那时邻居经常来串门,东问西看。我也爱招待他们的孩子。

一天小区派出所来了一名女警察,问我:"是否有与外国人合照的裸体相片?"

我拿出了那张照片,上面的郝思嘉也不是裸体。我告诉她,那位制成模型的男演员早已经过世了。

女民警有点文化,很客气地告辞了。

这件事情使我与那些邻居的关系完全僵持了。我实在不愿意继续住在这样的人群中。在这样的环境里觉得生活苦不堪言。

在海南潮的人群中,我是一个逃避者,又是一个探索者。我在逃避大陆生活,逃避那里给我的模式。

我知道,在自由经济发达的国家里,竞争的法则比我们这儿清楚。某些人移民,到那儿去竞争,可能会得到比较公平的结果。

可是那次美国之行使我感到,在异国的土地上,无论我是发达还是贫穷,我只能永远是一种失落状态。我的一生会变成一个幻影。汽车、别墅、财富,即使获得,对于我也只是一种"模拟人生"。是歧途人生,而不是我的人生正道。

正当我不愿意出国,而又艳羡别人有竞争的机制和自由生活空间时,海南出现在我的面前,正好折中地解决了这个问题。

海南民风散漫,甚合我意。

一天到晚都可以是吃饭时间,午夜十二点后也可以随意访友、聚会、赴约。物以类聚,人以群分。雅的雅,俗的俗,各不相扰。

没有人要求别人跟他一致,更没有人管你是几点几分归巢,或是穿什么奇装异服了。

我那点穿着"行头",到了海南真是不值一提。天天被朋友催着去买衣服,说我"太不注重仪表"。批判转了个方向,爱美之心大受鼓舞。

自由还包括,也不强求一律时髦。穿双拖鞋,一件睡袍,尽可以出来在夜风里逍遥。总之在海南没有什么是奇怪的。

海南本地的妇女,贤良而有见地。男人如果天天回家吃饭,在家里就"没有威信"。老婆会说"没本事",没生意,没朋友,没去处。

海南的社交场所,从"土"到"洋",从贵族档次到平民风格,满街都是。谈生意,交朋友,散心解闷,到处是人气,活气。

因为海岛与大陆的距离感,使得过去变得遥远,英雄不问出处,很多人都改了名字,后来也真的改变了他们的人生。

洋人的话有时挺好。坎贝尔说过:"最坏的生活可能是没有选择的生活,对新事物没有任何希望的生活,走向死胡同的生活。相反,最愉快的生活是具有最多机会的生活。"

此后,我有十年的时间选择与海南共处。

3.丽人归来

第一次上海南岛时,《当代》杂志组织我们从北京飞到广州,花城出版社的老范来迎接和安排我们,换乘轮船过琼州海峡。

在海船上,我们插科打诨,老范他们几个中年人都很稳重。

回到天津,我收到老范寄来的一封信,他寄来当时在海滩上游乐的照片,并邀请我到羊城一游。

于是我去海南"采风",便到广州一停。

正遇上大喜事,老范被"民选"为花城出版社社长。

老范,字若丁。他为人豪爽,善于经营。那年头的花城出版社,抢先推出不少港台小说,风靡全国。

赶上"花城"的年终晚会。大家跳舞,老范不跳,帮我守着衣服。每跳完一曲,人家把我送回他的桌前。老范总温厚地笑着,令我有一种"大哥"的感觉。

他带我游植物园。在热带雨林和睡莲之间,我知道了老范的身世。他是河南人,父亲是一名有为的旧军官。

他父亲率领全家投奔解放区,临行前将祖上的旧宅一把火烧光,然后骑马绕了一圈,驰骋远去。

这个场景镌刻在老范的心中。

老范一家到达解放区,他十八岁就担任党内领导。可是却因为不同意划别人的"右派",而最后自己变成"右派",下放海南岛。从此他在南方安家。

那天在植物园,老范唱了一支俄罗斯歌曲《从前是这样,现在还是这样》。

这样一个人,才情倜傥,半生可谓历尽风霜。

他有很多故事,准备写小说。

老范的两个女儿,正是如花年龄,都是大学生。我和她们认识了,相处亲密,是现在称"闺蜜"的那种。

时值春节,从花市回来,忽看见老范家的客厅居中放着一株盛开的桃树,灼灼照亮整个屋子。领略到广州人家冬天的良辰美景。

那一年我们去看"人工造雪"。羊城人看到雪景都很开心。

第二次我又到了广州。反映海南潮的小说《天涯丽人》写好了,就在花城出版社发表。

老范将我安排在出版社的招待所。不几天,来了一个戴厚英,我俩同屋。

那些年,有过一阵文化繁荣,作家都有"狡兔三窟"的优越。作家的流动曾经大受欢迎与鼓励。

戴厚英很聪明,善解人意。大学时代,我们读过她的《人啊人》。她写出了在那些"运动"的重压下,人性的变形和自残。

同住一屋。戴给我讲她最后的恋人,诗人闻捷的事情。

她和闻捷在"文革"年代相爱了,两人都在被监视和迫害

在三亚海湾,创业之始

中。他们勇敢地申请结婚,可是"上级"不批准。

闻捷受不了"不批准"的结果,他甚至不能听戴厚英的劝告,不愿意再等下去。他绝望自杀了。

戴厚英活下来,承受着两人的痛苦。

住在花城出版社宿舍楼里,我常去找我小说《天涯丽人》的责任编辑小钟玩。

广州人,和香港人、上海人一样,善于将一间斗室布置得温馨舒适,并且随时变化,可以待客,可以吃饭,最后当卧室。

出外打拼的男人,一进门,脱鞋,踩上毛茸茸的地毯,有瓶花,电炉上煲汤的香气,接过湿毛巾抹一把手脸,好了,脚和心都安歇下来。

灵性的小钟,是一个贤淑少妇。贤淑,这是当时经过"文革"的很多的中国女性,尤其是职业女性和知识女性不懂和不会的一种素质。

小钟告诉我,她下午总是在家编稿,以便为丈夫做晚饭。因为丈夫是跑业务的,累,回家晚。

于是我想,我在北京大学演讲的那些关于当代女性的高谈阔论,在小钟面前化为一种无知了。

老范的女儿,也是把自己和家收拾得很雅洁的。

她们自己也上班。可是总在父亲下班前赶回来,总会在晚饭前,端过去一个乳白的瓷碗,里面是小半碗鸡汤莲子。喝完了这个,慢慢地说着话,再端上晚饭来吃。

这正如广东人吃早茶的风格,一点点地来,从容舒适。

从京城脱身的我发现,广州是个温柔之乡。

在沿海城市里,人们的生活别有魅力。

南方吸引着我,我执意要去体验这清新的生活。

人就像一只筐子,总是越装越多,你有心与无心拾起的东西都放在里面了,想清理都不可能。

我决定重新登上海南岛,在市场大潮里重新寻找一回自己。

临行前,我用《花城》杂志社给的稿费,请编辑们吃了一顿早茶。剩下的,就是我上岛的本钱了。记得是两千多元。

这次进入海南,我先去朋友处落脚。

邵老板是一位"老朋友"。在前两次上岛时,我认识了他。

他"发"了,在市中心租了两层楼。公司在一层,他家在上一层。他欢迎我留下来,在他的公司里干。

邵曾经是昆明军区的文艺干部,与我有很多可聊的内容。

邵老板的太太是一位海南小姐,有小鸟依人的纯情可爱。

邵老板靠"倒"了一把水泥的机会,掘了第一桶金,然后就和在他公司打工的海南女孩小婧结婚了。

他来这儿前是离过婚的。在过去"挨整"的时候,老婆对他不好。所以有机会时可以理直气壮地甩掉。

小婧比他儿子还要小。儿子倒没有意见,儿子很单纯,也在公司里。和小婧说话就像同龄人那种,并不多一个心眼。

邵老板显然很惬意,最心爱的儿子和新宠的妻子在自己眼前转来转去。

可小婧还想生一个孩子。邵老板就非常不高兴。

小婧对我说:"将来他肯定就老了,走在我前面那么多年。

那么我靠谁呢？我连一个亲人都没有了。"

邵老板去向小婧的父母求婚的过程，他讲给我听过。

走进那个村口，就看见有人在椰子树下的一个火炉上做饭。他过去问，结果那人就是小婧的父亲。

小婧的父亲一看，是一个比自己还老的人，要求娶自己的女儿，气得抓起菜刀就对着他砍过去。

可是小婧有她的道理，她认为周围的那些年轻人都不懂事，只贪玩，也不会照顾女孩子。海南人的习性就是男尊女卑。而邵老板非常能干，给她一种安全感。

海南女性羡慕大陆女子的自立潇洒。

那时见不到海南女子骑自行车、穿时装。记得海口的金融大厦最初开张的时候，我陪朋友去办事，那位海南小姐还不认护照，只要"户口本"。

我亲眼看着海南女性一批批地投身进大开发中去，迅速地成为白领丽人。

不过这对夫妻间确实有问题。

他们喜欢我待在那里，因为他们双方都会有些话来对我讲。我好像是他们之间的一个过渡，一个中间的楼梯。

年纪相差太大，中间就空了很多层次和内容。

当生活常规化后，双方会发觉各自站在一个渡口上。眺望着摆渡船，而无法自己靠拢。

这个公司的业务很奇怪。钱来得太容易，就像个聚宝盆一样。

每天早上，邮局的摩托车就会送来大捆的信件，从后面看，那个摩托简直就是只驮着这一大捆信件了。小婧一个人都拿不动。

这一大捆拿到楼上,就由两个雇员负责用大剪刀剪开,里面掉出的东西都一样,两张个人照片,一个简历表。用一个订书机钉一下。第一道工序完成了。

第二道工序,就是把这照片贴一张到一个工作证上面,盖上一个章,然后又进了信封。

第三道工序,把简历上的地址写上去,寄出这装着工作证的信。

邵老板说,他现在办了香港一家机构的驻海南办事处,正在大陆招聘雇员,这发出去的就是"招聘合格"的工作证。

至于什么业务呢?要等香港那边的指令。

每天这个样子的干着,也不知招聘了多少工作人员。

而每天的下午,邮递摩托又来了,送上一大捆,都是汇款单,钱都是一个数。好像是二十元。但这一大捆也不少了,每天起码是几千元吧。

所以,邵老板又增加人手,说是要招大学生,其实我看,能用剪刀就行。

内地人对香港充满神秘感和羡慕心,热情可是够高的,二十元钱买一个工作证,还不知道有多么兴奋呢。

邵老板打出的广告说,工作有业绩可以去香港旅游,还可以调到香港工作。

在内地只看广告而原地踏步的人们,那些照片上陌生的男男女女,都在憧憬着这个。

香港,在内地人心目中,就是"挣钱"和自由。

招聘的事没完没了,邵老板真是日进斗金。他说,还要上缴一些给香港那边。再问下去,原来香港的机构也是他的一个熟人过去开的。

为了安抚住我,他决定请我做公司的"二把手"。他说,我有优势,这岛上很多人都认识我。

我发现,岛上的理想主义、浪漫情调正在褪色。人们变得浮躁、短视、急于功利和不择手段,没有尊严感。

有一天,雇员来向我道歉。原来,我母亲写给我的一封家信,也被她们剪开了,以为是应聘的信。一看没照片,再一读,才知道是我的信。

信剪成两半了,还能看。我当时没说什么。流水作业嘛,不能怪她们,每天上千的信。没把我的信扔掉就算运气。

里面夹着父亲的一封信。父亲的信只有几个字:"无论你在哪儿,你都是一个站着的人。"

他引的这一段名言,我在这市场的混乱中始终没忘记。

滞留在邵老板的楼里,观望着,我琢磨能够在这岛上干什么事。小婧每天给我做可口的海南菜,每天上楼去和他们一家人吃饭,有时候也到歌舞厅去散心。

懒得打扮,就穿一身乳白的休闲装。

这里的习俗,一开场总是要由专业的舞者来领舞。

一位姿势娴熟的专业人士上来邀请我。

我和他上场。音乐刚好换了《梁祝》,凄婉悠扬。

他领得很舒展,正合我意。简直成了表演。人们一时都不上场,尽围观了。

跳完了,有掌声。后来还有人上来邀请,就不想跳了。

不料第二天在小报上就有"白衣丽人"起舞《梁祝》的一条消息。

隔些天再去,我换了装,但还是被认出来,人家说:"怎么这几天不见来?"

歌舞厅的交情就是这样,姓名只有背后去打听,当面很客气,绅士淑女式,只是邀请跳舞,或者喝一杯洋酒之类,不作深谈。有时候连连与某个人跳了几夜的舞,也不知道他是谁。

有一位中年男士与我跳舞后,意味深长地告别了。他没有把我送回原来的桌旁,就在一个门洞那儿站住,然后点头离去。

在我的手心中留下了一个钻戒。

下一次去的时候,我郑重地还给了他。

从此再不去那家歌舞厅。

这时候,海南省的省长梁湘与省委书记许士杰双双被召到北京去了。岛上的人们都在传说,不知道这个特区还能不能办下去。

有一天,邵老板面带喜色地跑进门来,说:"许士杰回来了。"

因为海南遭受特大台风,许一回来就去视察台风灾区了。中央让他赶回来,也是由于海南受灾。

省长梁湘没有回来。报上登出许士杰在省委的讲话:"特区还要办下去。"

人们都松了一口气。

邵老板说:"这可好,许士杰不是接见过你的吗?"

我也在想这个事。

在一九八九年八月的一个夜晚,台风平息之后,我骑着自行车到海南省委大院去找许士杰。

许的秘书还记得起我,他说许书记刚回来,进去通报后,许士杰表示可以见我。秘书告诉我说,时间不要太长。他太累了。

许已经换穿了条纹的睡衣,正疲惫地靠在一张躺椅上。

这是刚视察完台风灾区的疲惫,这更是一种在精神深处的疲惫。

许士杰当时说:"总要有一个人回来,否则特区就完了。"

当我和他再次在这椰林大院中相见时,他还记得那次作家们的访问和他的承诺。

我告诉他,我是来完成自己当时的诺言的。

那部反映海南特区开发的小说《天涯丽人》已经写好了,在《花城》杂志发表了。我带去了一本杂志。

任何时候,书都是我的"靠背"。

夜色茫茫中,我对着窗外抒发自己。我讲,郁达夫曾经把青岛比作"东方维纳斯",我则把海南比作一位天涯丽人。这时候,许世杰闭着的眼睛睁开了。

许士杰是一个诗人。所以,我能感染他。

他答应给我写题词,让我一周后来取。

一周后我来到这里,题词写好了,两份。秘书说,许书记让我自己挑选。

拿到省委书记给我作品的题词,立马我就把拍摄电视剧海南第一任省委书记许士杰为作者题词"天涯丽人"

《丽人》的事情"炒"得满岛沸腾。

投资方频频主动找上了门。

许士杰为我立足海南打开了"绿灯"。

经历了几年的艰辛奋斗,《丽人》十集电视连续剧终于拍出来了。很快覆盖了全国的电视频道。

对这部《丽人》,某部门说:"怎么尽是老板和小姐,没有一个共产党员?"但接下来邓小平"南行讲话",这部片子一下火了。北京台是在春节播出的。

第二轮的"海南潮"来临了。

当《丽人》隆重的首播式在海口举行,酒店纷纷来抢着办这事。根本不需要我们花钱。

此时,许士杰因劳成疾,已辞世半年多。

那天的盛会,在第一排,我留下了写有"许士杰同志之座"这样的一把空椅子。

有人说:"你这样做,当心现在的领导不高兴。"

我说:"应该高兴吧。凡帮助和支持过我的人,我都记得。"

第一排都没有人去坐。人们依然崇敬着他。

许士杰的李秘书到场致贺。李说:"许书记天生一种智慧,对骗子和干事的人,凭感觉他就能判断。你那份题词,他是在开会期间抽空写的,写了好几幅,才挑了这两幅。让我送你再选。"

李还说,上次一个所谓"大款"说办大企业,求个题词,来了几次,许就是不写。果然,不久后露了底,那是一个大骗子。

许士杰是背着一个书包来海南上任的,走的时候也是背着一个书包。他的爱人孩子没有一个人来过海南。

电视剧《丽人》表现十二个女性闯海南的故事。

这个名字,我是受到民国时期一部叫《丽人行》的电影的启示。《丽人行》讲三个纯真女性踏入社会,后来各奔前程,有的革命去了,有的依附权贵,堕落了。也有还在迷茫中挣扎的。

此后,岛上出现了"丽人酒吧"。接着,大陆也有了诸如"风雨丽人"等等,总之,这个对于女性蕴含了赞美与怜爱的名称,又从"民国"回来了。

4. 海岛除夕

海艺影视公司,这是北京大学谢冕先生介绍的一家文化人开办的公司。

"海艺"的易老板看中我的小说《天涯丽人》,要拍摄电视剧。打出广告,说要在海南招聘一班演员,让"闯海人"自己演自己。这一下门庭若市,风风火火,声势很大。

除夕到了,易老板回京城过年,让我独守公司。

这我高兴。人们都回大陆了,清静,可以看看书。

"海艺"所在的那座楼,当时在海口是数得上的,外观华丽,内部装修舒适、雅致。

不料人去楼空后,房内突然地就断电、断水了。

我很生气,去找房东,责令修复。

谁知人家冷笑道:"你们公司欠下房费有一年了,现在年关还不交齐,断水断电算客气的了。我是看你一个女流之辈,不想让你到大街上流浪,才让你住下去。"

过年前,公司里来了一对姓柳的夫妻,声称他们带着资金来岛,考察之后,愿意就《天涯丽人》项目与我们公司合作,并包揽了海艺影视公司的一切开销。

公司老板走后,柳姓夫妇也突然说要回家过年。房租到期的事情,他们走的时候可一点没有透过口风。

我又愧又气,无处可诉。

那天,香港吴多旺老板来辞行。

吴的哥哥是香港巨商。他本人是香港海南商会会长,为人温文尔雅。相处中知我爱听音乐,特意赠我一套袖珍录音机,让我写作时有娱乐。

吴先生见我满头热汗,疲倦不堪地坐着,十分吃惊。问清缘由,他立即说:"这样吧,我账号上还有一点余钱,人民币,我去取出来。明天走之前送来给你。我们是朋友,不能看着你这样过年。"

第二天,他如约而来,从一只皮包里掏出一沓沓人民币,像砖头一样堆满我的书桌。

他说:"估计这些够了。你好好地过个年吧。要不我这老朋友回到香港也不安心。"

他说:"你放心,这些钱是没用的了。就是我一年的节余啦。我明年过来又带钱来。以后,你有,就还我,没有,就算啦。"

我站起来,说:"这不妥当。"

他说:"你是说,怕你的老板回来了,不承认这笔钱?这也是,你不是这个公司的法人,你没有权利决定公司的财务。按理,你也没有责任来为这个公司付房费。老板反而应该为你开工钱,还有,过年的加班钱。"

我一下子全明白了。

原来我一直在把我的作品、我的名气、我的人脉往公司里投,就好像这是公益事业一样。可我自己在其中并没有任何的法律资格和保障。我也没有借贷的权利。老板不会认账的。

海南有海南的生存法则。这就是利害法则。

最初我找到这里的时候,这座外观美丽、内部舒适的楼房曾经带给我一种安适与信心感。如今被困在岛上,无电无水,走投无路,上下出入都要在别人的白眼中走过。美丽的楼房瞬间变成了囚笼。

我开始思考问题,我开始感受到外面马路上那些包饺子卖的人们的处境和心情。我明白我和他们一样地无助,而我却没有他们脚踏实地的独立意识。我必须找到自己脚下踩的那块地,我必须学会包自己的饺子。

从现在开始,我不能再把朋友的情谊和钱往这笔糊涂账里头搭了。

我说:"吴先生,你把钱收了吧。今天你这样做,我已经很温暖了,想想你这样的朋友,我会过个好年的。你教了我一个重要的道理,我不是公司的法人,不应该给自己乱揽责任。从前,我不懂,糊里糊涂的。这下我懂了,这比钱更重要。"

他说:"那这钱我都取出来了。"

我说:"那这作用已经起到了。等于我花了。"

他看看我,说:"好吧。"把钱收拾进了提包。

他说:"过年快乐。我就不耽搁了。要走,还有很多事。给家里人带点年货。"

从此以后,我知道,前途上会有真心的朋友来帮我,但是必须在我"自立"的条件下,我才有资格接受这些帮助。

每天,我出去,吃一碗(米)粉,然后回来读书。

灯红酒绿对于我没什么意义。我必须写出剧本,把小说《天涯丽人》改编成电视剧。这个,也是我进入这个公司的资本。

在我来之前,公司一直没有什么运作。似乎由于前面的操作不当,公司处在被冻结中。直到我拿回了许世杰的题词,公司才领到了拍摄许可证。

人们都指着这个项目能拉动全局。

老板曾经请过一个算命的到公司里来,他说,你们这棵树本来枯了,可是现在飞来一只鸟,将会带来财运。

在海口近郊,有一座"天下第一楼",为苏东坡所题。他的意思是,虽然远离朝廷,却可以望海而读书,境界自高。用当地话来念,就是"天下第一流"。

而此刻,没有电视,没有电灯,一支蜡烛点在墨水瓶旁边。

年初二,天黑了,我点起蜡烛,翻开一本书。

忽然,听见急促的上楼的脚步声。这套房子的楼梯是单独的,这只能是来找我的。

外面有人急促地拍门,喊着我的名字。

这是小瑛的声音,她不是回湖北黄石去了吗?怎么才几天又回来了?

"我是小瑛啊!你不要怕。"

呼啦一下,我把门一打开,小瑛冲了进来,旁边是她的丈夫徐军。

"我和徐军来到楼下,就看见这屋里黑乎乎的,我说,赶快上去吧,一定是出什么事情了。我在家里过年,才初一,就心跳,惦着你。我后悔,没把你带到家里过年。我待不住了,就催徐军,我们回去吧。"

她一把抱住我,"怎么了,你怎么成了这样啦?"

我不知道自己的样子有多么可怕。

徐军这时候已经全明白了,他是一个商海中的老手。

他坐在椅子上,点起一支烟,说:"是不是房费过期,才把你的水、电断了?"

小瑛说:"太可恶了!走,去找他们说理。"

徐军说:"谁可恶?那不交房费就跑掉的人,留着曼姐在这儿当人质、顶债,才可恶呢。你还找人家说什么?"

小瑛一愣,过来拉起我的手,说:"不管他,走,我们跳舞去,唱歌去。大过年的,你不能再这样。过了年,我们还要拍《丽人》呢。连我们黄石老家的人都知道了,有人看到报纸。我说就是我们公司,是我的朋友写的。我很自豪呢。"

小瑛像一团火焰,温暖了这黑暗的房间。

她拉着我的手,抱着帮我挑的裙子,我们到一家宾馆去,我洗了澡,换了衣服。我们冲进了歌舞厅。

里面有一些熟悉的人们。原来,都惦着在海南开辟事业,早早地就回来了很多人。

小瑛说:"让开让开,大作家来了!"

台上唱起"西北风"来,小瑛跳得就像一只小松鼠,那脑袋后面扎起来的头发,就像是毛茸茸的松鼠的尾巴一样。

她唱"阿里山的姑娘",我是伴舞。我们俩配合默契,曾经在一次比赛中获奖。

那时候,海南的娱乐场所还很健康,充满了一种解放的激情。经常举办比赛,由到场的人们评选。我们得票很多。

领奖的时候,小瑛还把我的手高高举起来,喊着:"这是我们的大作家!"

在大陆的时候,她是一名文学青年,读过我的作品。在她心目中,我和她是不一样的人。

那些老板过来要邀请我跳舞的时候,她会上来阻拦,说:"我陪你们跳吧。曼姐不能陪你们跳。"

她硬拉开了,使劲给我眼色。

回来后,她对我说:"你是什么人?怎么可以跟那些鬼东西跳舞呢?"

我说:"那你呢?"

她说:"我不管,我都是有孩子的人了。我又没有名气。"

除夕的黑暗,就这样被提早归来的小瑛驱赶了。

她成天在我的身边,跳着唱着,每天都换不同的衣服。

我的心回暖了。

这个写字楼里有一个女的,东北人,挺乡气的。

她看不惯我们公司的人,成天对着我们摔摔打打,做脸色。

我只能是绕开她走路。可小瑛却不一样。小瑛不能让我受气。

有一天,那娘儿们出来,让小瑛逮着了。堵在楼口一顿痛骂:"你算什么东西?老娘一年到头衣服不穿重样的!"

一句话就把那娘儿们骂傻了,站在那儿琢磨滋味。

我也在屋子里琢磨,真的,小瑛是一年到头没有穿过重样的衣服。虽然,她穿不起名牌,但总是别出心裁,有各种搭配,给人一种生机热烈的感觉。

从来没听到过这么骂人的,骂得真是太新鲜了,太痛快了!

只见那娘儿们缩回去了,关门时还死死地盯了小瑛的衣服几眼。真把她镇住了。每天见面的,想想不得不服啊。以后她没再来惹我们。

我说:"小瑛,那我也天天穿重样的衣服啊。你这不是也骂我了?"

她说:"你另外一样。你穿什么都是名人,你穿地摊的也是名牌。她算什么?"

没想到,她肚子里面还有那么多的道道来衡量人。

小瑛告诉我,她出身于一个没有父亲的家庭,母亲带着几个女儿过。那个父亲跑得没影子了。所以,她从小就不相信男人。

她说:"曼姐,告诉你吧,在这个岛上,我只对两个人不说假话,一个是我的咪咪,一个就是你。"

咪咪是她的女儿,只有三岁。

对徐军,她摇头。

她们住在省工会的五层楼上,煤气罐没气了,徐军都不管。她只能请外面的男人来帮忙。她们母女还得做饭吃。

那是老式楼房的五楼,可高了。因为每一层都造得那么高,楼梯很陡。要搬煤气罐上去,很不容易。小瑛笑脸相求,请一个对她有好感的先生扛了上去。

晚上徐军回来,她已经炒好了印尼炒饭,做了酸辣汤。可徐军倒不满起来,说:"怎么人家白白地就给你扛上来?"

弄得两口子谁都没心思吃那顿好不容易做出来的饭。

她是在怀孕后不得已才嫁给他的。她说,那时候已经发现不可靠了。可是没办法。她不能让女儿又像自己一样没有父亲。

所有的维持都基于这一点。但最后还是失败了。

而徐军反过来说:"没有我,她也能活下去,活得很好。"

小瑛有时对我说:"我知道,像我们这样的女人,过几年就老了,就没有人来稀罕你了。你不一样,你是有层次的人。徐军也靠不住的。你不看,一到歌厅,他就跟那些年轻的泡。我呢,为了我们的事业,我真是按下火气,咽下恶心来,跟那些死老头子装笑脸。我叫他陪那个富婆去跳几圈,他都不干,嫌人家太肥了。唉,男人!"

原来,徐军与小瑛相约,除了在公司内部,凡到外面,他们俩都不承认是两口子,只说是表兄妹。

徐军说这是为了打开关系。但慢慢地,小瑛就觉出来了,她认为他对自己一点也不心疼、不珍惜,总是把自己推给那些老头子。然后,他自己和小姐们寻开心。

后来有人告诉我,海南岛这样的多了。这叫"放鹰"。

也有相反的,我们公司来过一对男女,自称是夫妇,可后来我们发现他们其实是姐夫和小姨妹。而且是真戏假作,晚上从来不到一块的。总是编着话儿分开住。

后来,他们对老板坦白,说这样是为了闯海方便,是在大陆的姐姐想出来的,姐姐姐夫感情非常好,为了自己的妹妹,特别让丈夫保护她。

总之,在海南,人们的关系都很戏剧化,带着创意。

小瑛说:"曼姐,我就指望着你这个电视剧了。如果他们敢欺负你,我抱着咪咪,你抱着剧本,我们一起走。"

她天真而又冲动。什么事情都肯贴心地帮我,护着我。

她说:"我多么希望你成功啊,你成功了,我和咪咪就有靠山了。"

我从来没有这种想法。

我是书香门庭,家教里不包括"稻粱谋"。我从来都只把自己的创作当作一种精神的产品,并且耻于算计它的物质价值。作品一发表,就忙着告诉老师,告诉家人和好友,让他们高兴,以我为荣。这样,我的任务就完成了,自己就有"成就感"。

我第一次领稿费,父亲就来信告诉我,千万别攒着,要用来回报那些教导我帮助过我的人们。钱不够,他还可以寄来。

这样清高和超脱的生活方式,其实也是一个人在生活中容易沮丧和放弃的根本原因。当精神的纽带一时脱落,奋斗就会失去依托。

只有当你的奋斗业绩和你周围人们的生存发生了密切联系,你才算是真正地活在人间了。

这个普通的道理,是到了海南之后,由这些普通的女性来告诉我的。

自从小瑛回来,振作了我的精神。

我是没有她这么顽强的生命力的。她热爱海南的自由,热爱她的咪咪,渴望新的天地,她真的是拼了命来闯海的。

而我只是把这儿当作我的体验性的栖身之地。我是不肯付出彻底的。

如果不是有小瑛这样的女性、这样的人,不断地来到我的身边,我想,我早撑不住了。

她们才是新天地的开拓者,是勇士。

小瑛回来的时候,我口袋里还剩三百元。我们用其中的二十元买来一袋大米,放在办公室的墙角,还有一只电饭煲。

每天,就用这米熬粥来喝,就着小瑛从家里带回来的一点小菜。

不到一周,小瑛就瞄准了一个海南罐头厂的小老板,她让我拿出最后全部的钱来,请那家伙吃一顿。

小瑛找来一个帮手,加上我,一起陪他。在此一搏了。

她俩一左一右,夹击那老板。我就坐在对面,彬彬有礼。

老板说:"我怎么看,你们大陆来的女人,个个都是好看的。"

那年头,当地的女人还很"土",穿着、说话都不开放,职业女性也很少,自然显不出风韵。

喝了一阵酒后,小瑛就揪起人家的耳朵,直接用酒瓶子对着嘴灌了。另外那位小姐也厉害,用筷子夹菜往人家嘴里填。

那人就傻呵呵地对着我笑,笑,然后醉了。司机进来,把他扛了出去。小瑛手舞足蹈,说:"成功了!成功了!"

果然,半夜小瑛打电话过去,"关心"他酒醒了没有。

那位挺仗义，操着夹舌的海南话，自己主动说："我看了，你们几个女人不容易，明天过来我厂里，赞助你们，两万块拿去，先吃饭吧。这海南，真不是女人闯的。"

原来，人家酒醉心明白，知道你们几个是干什么的。这是一个外表粗鲁、内心却仁慈的当地人。

我们毫发未损就得了两万块钱。这可是第一桶金。

小瑛把钱拿回来。下一步，不是找饭钱，我们要找真正的项目投资人了。

有生活费了，我和小瑛也更积极地每天进攻夜总会，在那儿表现、表演，见人就宣传我们要拍《丽人》，就送上报纸复印件，上面有省委书记许世杰的题词。

元宵节后，老板回来，一看这形势，欣然交上了房费。

"海艺"在我们的努力下获得了生机。房东也收起了势利嘴脸，出出进进都客气得很。小瑛根本不理他们。

这时，一条大鱼来上钩了。

海南烟草公司准备投资一部电视剧，打它的知名度。

我们收拾妥当，和老板一块去正式谈判。对方来的都是业务领导，个个精明，环球做业务，不是胡乱扯皮吹牛可以过关的。

老板说话尽跑调，扬言说公司要建"东方好莱坞"。

我赶快接茬转向，大谈我被美国环球影业公司邀请，访问过"好莱坞"。那年头出去的人很少。大家都听呆了。

总之，他们认为我们公司有文化人，有成功人士。

海南烟草公司恰好从云南聘来了一位李祥总工程师，他一直在与我聊"乡情"，虽然他并不是云南人，但他是"云烟"的设计者,对云南有感情。

过了几天,从烟草公司传出喜讯,他们在海南多家影视公司中,选中我们这个项目了,决定投资拍摄《丽人》。

这是"海艺"自从成立公司以来,获得的第一笔正规投资。

5."诱拐"

"海艺"要想得到烟草公司这六十万项目投资,还有一道门槛。这是例行的手续,必须要找一家"担保"。

"海艺"没有一样固定资产可以做抵押。比"皮包公司"好点,就是租了一套华丽的办公室。

小瑛每天都到歌舞厅去"玩",物色可以做担保的人。

那些日子,公司所有的指望都在小瑛身上了。

"三八"节来临,有人请小瑛去跳舞。小瑛踌躇满志,说:"看我的。"

我无能为力,只能是把我出国时做的那一套呢子套裙拿出来,给她穿上,以壮行色。

出国的人可以领一笔钱,做服装。那套裙的毛料当年是我自己选的,红黑格,做工是天津专门做"出国服装"的裁缝。

这套裙子大大方方,是小瑛早就眼热的。

我一直都舍不得穿。原因很复杂。因为我所处的环境,和当初做这套服装时的气派,中间夹着一种说不出的窝囊。

现在豁出去了。小瑛这么操劳奔波。我也得做点什么。还有一个相配的手包,也一起奉献出来。

小瑛没想到我如此慷慨。她穿戴好了,对着镜子满意得不行,说她这辈子没有这么派头过。

然后,她向我郑重表示:"放心,我不会辜负你的。"

我没想到,我这是把她送上了一条不归路。

我还在心疼我那套裙子,还在回味自己那失去了的黄金岁月。我的很多感情负累,在眼前这个环境里,在小瑛的面前,不只是一种奢侈,简直就是一种虚妄。

但我就是这样的人,不明白生存的功利法则,只知道"怀旧"。

我安身在这一条风浪中的船上,只有作品,只有名气,是远不够的,可能还是要翻船沉没;必须得有小瑛这样狠命划船的桨手。很多时候,我只能做一个望星叹月的角色。

小瑛走时,徐军懒懒地坐在一把藤椅上,小瑛对他告别,欲言又止,徐军阴阳怪气地说:"祝你三八节快乐啊!"气得小瑛一扭身走了。

我说:"徐军,你不能好好送送小瑛吗?她多么需要你的理解支持。"

徐军说:"自己的老婆去陪着别人过节,我还要高兴吗?"

我第一次看出他心中的怨愤。"放鹰"这一招本来是他想出来的。这回也尝到了苦果。

我说:"不就是去跳舞吗?这在海口也是正常应酬。"

徐军说:"今天晚上就不正常,你看她那个兴奋。"

"三八"这一天正是徐军的生日。在这个孤岛上人们都很重视生日。因为远离了家人,希望过得有热气。

小瑛物色的那个纺织公司的老总是工程师出身,他们是老乡。"吴工"人挺潇洒。

徐军在冷笑。只有在这时,我感觉得到,他是小瑛的丈夫。

那天晚上,不太晚的时分,小瑛回来了。是吴总的车把她送到楼下的。小瑛玩得高兴,一进来就说:"吴总答应给我们担保了。明天去办。"

徐军说:"真能干啊!明天我陪你去吧。"

小瑛白了他一眼,说:"你去干吗?明天又不去办公室,是到新开张的南洋酒楼。吴总他们公司在那里开会。"

徐军哼了一声:"在酒楼怎么盖章啊?"

小瑛说:"因为我们等得急,吴总说,他明天一早先到公司去,帮我们盖好了章,再带到酒楼。"

那一张必须要担保方盖章的合作协议书,我是放到那只漂亮的套裙手袋里,郑重交代给她的。

小瑛打开手袋,"看嘛,我给吴总了。"里面是空的。

她问道:"咪咪哭了吗?要不是为了盖这个章,我哪有那心思,陪他们玩?不如带我咪咪去看焰火。"

徐军和小瑛回家了。我也放下了心。总算老天开恩,给了一条出路。如果找不到"担保",那任何"投资方"来了都没用。

第二天一早,我给烟草公司那边打了电话,告诉他们,我们很快就会来签约。找到了"担保",是纺织公司这样的大户。

他们也很满意,说:"好啊,等你们来。"

下一步,可以考虑,请演员的事了。老板有经验,提出来要请就请一个班子来,一个厂的,相互好配合,人马也齐全,有点承包的意思,演员由导演定,这样我们省心。

准备就到珠影厂去请。广州近。他们对海南容易适应。请北方那边的,可能在表演上也"隔"。

下午,公司里一伙人正在为前景踌躇满志,小瑛回来了,面带倦容。

一进门,看见我,她先愣了一下。

我还以为事情没有办成,也一愣。

她回过神来,很累地坐下,说:"我喝一杯水吧。"

连忙倒上白开水。她一气喝完,然后从手袋里抽出那张盖过章的协议书,"给你。"

我还来不及表达欣喜与感谢,她就说:"我要回去了。咪咪一定找我了吧。早上出去的时候,她就有点咳嗽。"

大家正在高兴,没注意她的情绪。小瑛就走了。

以后的事情都顺理成章,第一笔款到账,我们把珠影的一个班子给请过来了。

毫无疑问,小瑛做这个项目的出纳。

小瑛认为这是我们"用命换来的钱",她管理得十分上心。

那些演员在马路上见了冰箱就冲上去,将冷饮洗劫一空,让小瑛去付款。小瑛把他们剋了一顿。每个人只准报销一瓶的费用。

吃饭点菜喝酒,小瑛也立了规矩。一时,剧组的矛头就都指向了她。每天都会发生一些她与剧组的小冲突。老板对我说,要换掉她,否则影响演员情绪。

我不同意,在这上面我有发言权。小瑛是我这个财务总监的"防波堤"。

有一天,那个曾经对小瑛入迷的吴总,突然跑来公司,他找老板,说要把"小瑛缠他的事"告诉他的老婆。

老板对我说,小瑛在办事的过程中勾引了吴总,想要吴总把她和咪咪弄出国去。为这事,小瑛时常去纠缠吴,超过了吴的承受力,两个人的露水情分也就到了头。吴要求老板对小瑛加以约束。

老板用一种恫吓的口吻把吴总的话转达给小瑛。

私情揭露,吴总无情,小瑛也不示弱。她每天跑到吴总上班的大厦门口,要堵他说理,想"当众撕破他的脸皮"。一副"破罐破摔"的劲头。

这意外的插曲,令我难以接受。公司形象受到极大的损害。我也像其他人一样用冰冷的态度对待她。

后来是徐军把小瑛拖了回去。小瑛闹成这样,撕破的也有徐军的脸皮。他在音响市场上也是个小有名气的人物。

小瑛成了公司的一块心病。

小瑛曾经很想在《丽人》中演一个角色,那是一个与她经历相当的闯海女性。这是她深藏在心底的梦。

看她这么沮丧,我跟导演去说,让她"上戏"。不料导演用非常歧视的口吻,挑剔了她的长相。平时人们都觉得小瑛挺好看的,红红白白的,有活力,吸引人,到了导演口中,被糟蹋得不行。

老板说,这事就得由导演决定。

其实原因是小瑛管钱太紧,剧组的那些人本来就想赶走她,现在顺水推舟了。导演说小瑛的形象不堪上银幕,可后来他找来的女配角比小瑛丑十倍。

在老板签订的合同上,导演有选择演员的权利。公司必须尊重导演。老板处处显出了他"是老板"。把权利全部放给公司以外的人,用以弹压我。

小瑛病倒了。徐军冷冰冰地来找我,说:"小瑛要辞职,出纳不干了。"我要去探望小瑛,徐军拒绝了。她在发烧,说胡话。

小瑛夫妇离开了公司。剧组按拍摄计划下了三亚。

当《丽人》开播时,小瑛却忍不住给我打来电话。

她说:"我一面看一面哭。"

我跟她通话,也哭了。

这部片子本该是属于我和小瑛的。我们俩是投入得最多的人。

脆弱而渴望迅速改变命运的人们,在这浪潮中注定要失去许多,她们遭受许多的扭曲,去得到一个似是而非的结果。

不管小瑛做"过头"了什么,她蹚入这浑水的始因,是为了我的这部片子《丽人》。她年轻,无依无靠,老练的吴总耍弄了她。让她陷入危机,内外不安。

当她离开我的时候,她曾哭着对我说:"你知道一个女人最宝贵的是什么吗?我为你付出过。"

小瑛令我联想到《红楼梦》里不甘心被摆布和玩弄的尤三姐。热情美丽刚烈,最终难逃风尘。

到我自己开公司了,再度拍戏,我专门去找过小瑛,希望她来出演一个我为她写的角色。我准备委托她帮我管理项目资金,约她一起到酒楼吃饭。

这时,我公司的助理都是大学生。她们用另样的眼光看着小瑛,看着她的发型和服饰,说:"张总怎么会认识这样的人?"

吃饭的时候,她们都不愿意来陪。

她们说:"她不是正经人。"

小瑛看出来了,她说我的心意她领了,可是对拍戏,她已经不感兴趣了,她开着服装厂,又另嫁了人。她说她"老了"。

她的发式和衣服,带着一种憔悴的迹象,整个人疲惫,眼神里充满戒备。

从前那个开心果似的小瑛,已经一去不复返。

回到公司,我大骂了助理们一顿。我说:"你们以为是大学生就了不起?你们加在一起也不及她一个,她是拼命帮我干事业的。"

助理冷静地说:"张总,现在你事业发展了,你不能再用这样的人,有损你的形象。"

我再没有遇见小瑛。

我们这些清白的人,在小瑛面前其实是没有资格说三道四的。

这仿佛是一个完整的阴谋,社会自己正在变成一个陷阱。小瑛是被"诱拐"的被伤害最深的弱女子。

而我们正是参与建造这个陷阱的人。

"诱拐"这个词,最早见于一本西方的知名小说。指对无知少女的引诱和拐骗。阴谋者用美好的诱饵,带她走入万劫不复的深渊。等到她醒悟,已经清白不保,只能按照诱拐者的意图,被胁迫着堕落下去。

　　当我们把自己的姐妹送上"诱拐"之途时,我们其实也被诱拐了。在这个罪恶的前提下开始了我们的"发展"。

6."办公室里的女人"

我一直在拒绝成为一个"管理者"。

但这却是我登上这个岛的必然命运。

在《丽人》正式开拍之前,发生过两件事情。

我投靠的海艺影视公司,董事长是海南科技厅长老林,原是《光明日报》的。林有文采,与我一见如故,因为其中大家都有些熟人。

他见我思路清晰,在岛上也有知名度,有一天请我喝咖啡,对我提出,希望由我来任这个公司的法人。

看来,他对公司老总已经积压很多看法。

我虽然对经营的事情一窍不通,却时时能感受到老总对我的提防。我想自己做不出那样的事情,夺人之所爱。公司是他创立的。我只想把自己的作品拍摄出来。

如果必需,我再开办自己的公司。

我婉言谢绝了老林的提议。

因为老板不时地神秘吹嘘,意思是"什么也不怕"。于是我知道,这个公司在大陆是有"上线"的,它挂靠于中央"某部",挺牛的一个部。

这个"部"开办了不少的文化公司,它有钱"养"。有些熟悉的文人的名气,就是靠它捧出来的。

一天,"上面"终于来人了。他们衣冠不俗,年纪不大,气势很高。坐下来就听汇报。

人家不喝茶不吃饭,根本就是云端上的人。

老板毕恭毕敬,他先讲完了,我补充。老板爱讲些虚的。这也就是为什么很多人看他太"离谱"的缘故。

我讲的是《丽人》如何运作的步骤。我有很多报刊的报道作为铺垫。

毕竟我有作品被改编拍摄成电影《青春祭》,毕竟我去"好莱坞"考察过,与国内多家电影厂打过交道。我的话有很强的操作性。

那位姓毛的"头儿"听我说话,很注意。完了,他留下名片,叫我去大陆某某酒店找他。他的办公地点就在那儿。

毛总走时留下了十万元,老板非常高兴,说又可以花一阵子了。

大概是这位神秘的毛总与我们老板交代了,不久,老板就叫我去大陆办事。我找到了那家华丽的酒店,看到毛总的排场,有气势凛人的女秘书,要先通报,才让进去。

一进去,毛总就问我,海南公司那位老板有些什么不轨的操作?他说,他听的反应多了。"总部"打算撤换人。

我说我是新来的,不知道。

其实我也知道一些,但我不喜欢这些人的做派。难道我们下面的人都必须靠出卖上司才能升迁吗?"打小报告"和告密,这种事情我素来远之,厌恶。

毛说,他看好我,要我接替现在老板的位置。

这一下我傻了。大致我明白,他是可以控制人的。可我不愿意进这个套子去。我连连说"不行"。

我一再违背他的美意,显然令他讨厌。他按了铃,问女秘书下面有什么安排。我就告辞。

我想,此地不可久留。等到《丽人》拍完,必须离开。我想成为一个"独立制片人",要的正是单纯与自由。

在《丽人》签订投资合同时,海南烟草公司在合同中提出了要我来担任这项投资的"财务总监"。

让我来当财务总监,这无疑是在影视公司老板的头上加了一个"紧箍咒"。而老板为了得到这笔投资,无所不应承。他以为要控制我不成问题。

烟草公司眼锐且经验丰富。后来果然发生了许多人来盘算这笔资金的事情。易老板心花,总想做投机的生意。而我则死死地把住,严格监管。

烟草公司说过,只要你们完成这部片子,拍出是好是差不管,中间不能出其他问题。尤其资金,都必须投放到这个项目里。

我越对这笔资金负责,老板与我的矛盾就越大。有时我真的纳闷,究竟谁是法人?他难道不知道其中的利害吗?

一天,来了一个女人,据说是某军区司令员的夫人,披金挂银的。她已经是一个老太太了,却带着一个小年轻。对人则说是她的"侄子"。其实是"面首"。

老板告诉我说,这个是新来的。她原来带的那个年轻人,人都说长得"像周里京"的,已经被她送往日本了。这就是陪她五年的代价。现在的这个也想步其后尘。

这个胖大的老太太令人一见就起鸡皮疙瘩。甚至她邀我们去谈事的时候,那个小年轻都在她的怀里。

她说可以把拍片的资金倒腾出去,倒椰奶,一个星期就能回来,回来就翻倍。

老板跟我商量。我坚决拒绝。老板很不满意,说错过一次发财机会。

摄制组拉到三亚去,带了那么多的演员,包了一层酒店,天天出动两部车子,在岛上动静很大。看起来也很壮观。

于是有些人跑来,说要跟我们玩。自己包了房间,来请演员吃饭,买些饮料之类。老板很高兴。他每天早上和演员一起上车,就像去旅游。

可我操心的因素增多了。这些不相干的人来,把剧组的人心搞乱了。

有一天,来了一位香港老板,自我介绍是北大的,是我的"师兄"。他自称早年因为"运动"而跑去香港,现在回来,老婆已经去世,他回来收养自己的两个孩子。

那俩孩子好像是河南人,很怯。看他们每天都过得很枯燥,我就买些儿童的画册给他们看。

这位"师兄"带着我和"女一号"去上街,一定要给我们买衣服。他一出手很大方。我的两套裙子都是港货。"女一号"则买了一套。回来她对剧组人说,香港人对我有意,她沾光了。

"师兄"对我说,他的两个孩子要带回香港去,他很想给他们找一个有文化的母亲。

总之,他对我的攻势,剧组人都看在眼里了。可以说,我们这个剧组的戏外戏,比我的剧本更精彩,更吸引眼球。

正在他浓情蜜意时,一天半夜里,风雨大作,老板忽然来敲我的房门,说:"你师兄对你好不好?现在他有难处,你要帮他。"

没想到这么快就摊牌了。

老板说,"师兄"的一笔大生意资金周转出了点问题,要借点钱垫用一下,也是两周内就可以转回来。

他还说,"师兄"不好意思来跟我说,请他来转告。

我表示理解,只是这里的钱不能动用。如果要动用,我必须向烟草公司财务部门报告,得到他们的批准。

当然,这是不可能批准的。

老板非常恼怒,说:"你这个人真是一点情意都不讲。"

我说:"老板,我只是财务总监,你是法人,真的出了问题,还是你要吃官司啊。"

老板说:"吃官司我也不要你管。你借不借吧?"

我说:"我现在就打报告。"

真的不明白,老板怎么不顾自己法人的责任,来替别人要钱。

第二天,拍戏回来,"师兄"不见了,那俩孩子也不见了。去看他们住过的别墅,原来什么也没有。就是空屋子。一切仿佛《聊斋》一样消失。

在一个有资金投入的实体运作中,权力"二元化"是一件非常头疼的事情。这意味着摩擦和不可避免的资金损失,成本提高,甚至项目可能会失败。

与老板有交情的两位女演员戏完了,离组前,老板交代我,给她们每人多开三天的工钱。

我不干。大家都是有合同的,按合同来。否则如何管理剧组。全组人都加三天的工钱,没有这个成本预算。

他们可都在瞅着,你一加,他们就上来闹事,都得加。

"女一号"戏完了,提出要坐飞机回去,我不干,她就去找海南某位官员,也是我介绍她认识的。

岛上有些官员是一见女演员、歌星、模特儿就全软了的。再说是"北京来的",那,就跟见了仙儿一样。

此人又不是投资方,凭什么来管我们?

我说,她要坐什么都可以,我只报销火车价钱。

后来她真的坐飞机回去了,不知是谁给她出的钱。

真是乱世出佳人。

烟草公司来查账了。他们把我和出纳会计排除在外,专门召集剧组开会。老板希望趁此能够把我清除掉。可是没想到那伙成天和我过不去的演员,这时候讲了真话。

她们说:"我们都喜欢老板。老板好说话,天天陪我们玩。但是我们都知道,如果没有张老师,这个戏就拍不完了,也不可能做出来。当然我们最希望的还是自己的艺术能够与观众见面。所以,张老师不能走。"

烟草公司查账的人把这话转告我了。同时,他们查完账,很清楚,说:"很佩服,很信任。"

在那三天里,我"撂挑子"了。这期间,出纳李小姐哭丧着脸来找我,拿出一大沓不成样子的报销单。她说:"这些人太无耻了。我不报,我就说没有现金。等你回来再说。"

三天后,烟草公司宣布,我重新执政,叫出纳过来,看账。李小姐说:"他们一听说您回来,自己就把那些报销单拿回去了。一张都没有了。"

原来,我还有阎王爷一般的威风。

以后,我一进饭厅,几桌子人喧闹的声音会忽然安静。我说:"今天辛苦,每桌上四瓶啤酒。"说完我就走人。让他们吃舒服。

剧组,自然是花容月貌的一群人。刚到三亚,发生了在电梯里流氓调戏"女二号"的事情,还打伤了她。后来公安局的来了,居然说什么:"谁让她穿得那么露,人家当然以为是可以干的啦。"

幸好那位女演员非常明理,住院几天后,我去探望,她说,继续拍,可以用她另一侧脸。反正她的戏也不多了,拍完她就回家养伤。

这位俏丽的演员原来是唱越剧的,"小百花"艺术团出身。看来,还有讲究戏德的演员。

她能这样为我想,我真的非常感谢。

流氓打的怎么偏偏是她?

不过,打谁都是我倒霉。花钱,赔罪,耽误拍片。

对于女演员,"脸"就是她们的本钱。

时常,我的下属去敲门说事。那些没戏的女演员开门一露面,总把人吓一跳。她们不是满脸的黄瓜片,就是一张石灰样的脸。

因为化妆伤皮肤,她们必须加强皮肤的营养。

所以她们热心和擅长最时尚的美容方法。

由于各种原因,她们也想教我,但我摇头。

因为太忙,没有其他精力,我穿着非常简单,简单到看不出七情六欲。一条牛仔短裤,一件短袖T恤。最短的头发。

这是一段"非人性"时期,我必须把我所有的爱好和脆弱都隐藏起来。对我的威胁不是外面的流氓,就是这个剧组。

少说话,不理人。根本不能搭理。

她们成天想来摸我的底细,一个说:"张老师,我给你择择眉吧,你的眉挺漂亮,就是该修了。"

一个说:"张老师,下午我给你理发吧,想了一个特别适合你的发式。"

一概拒绝。

有一天,为了一个活动,我换装,穿了一身紫色套裙,一走出去,剧组人都刮目相看。他们说:"原来挺有女人味。"

于是,剧组的人开始叫我"办公室的女人"。那是正在放映的一部苏联电影。

那部电影的主角是一个只会在办公室发号施令的女人,完全忘记了自己的性别,也不知道人间还有情爱生活。开头给人的印象很难看。后来她被自己的下级爱上,重新变成了一个可爱的女性。穿着和风格变了,人忽然地就漂亮了。

我听到了,并不生气。这很正常,他们不可能了解,也不需要知道我的真面目。

拍片就是拼搏,就是战争,我无法做女人。

这组里没有黑脸不行。老板成天嘻嘻哈哈,图快乐。我只能是上黑脸了。

把自己剥夺得这么枯索,还因为对人的失望。这些人不是艺术家,不值得我费心去"为悦己者容"。

他们中有很知名的演员,年龄相当于我的长辈。扮演过一些银幕上正气逼人的历史人物、革命领袖。这不免令人对他们的素养寄予厚望。但在这个过程中,没有人主持公道,没有人说一句正派的话。仿佛他们就是一伙来打劫的团伙。

可能是海岛与大陆相隔有海峡,他们也听说了一些海南的混乱,于是都丢失了自己的本来面目,相信回到自己的地方和单位,他们不会这样做人。

这些遭遇使我对人的品性有了深层的认识。所谓道德,那都是建筑在他们生存的模式与环境中的。所谓契约、公义,也只在他们熟悉和与之有长远关系的人们之间存在。

一旦存在的环境断了链条,人们的德行将很难经受住金钱与利益的冲击。

在后来涌动于全中国的民工潮中,在凡是流动不定的人口上面,都有暴露出同样的问题。

道德,对于一般人只是附着于熟人圈的一张名片。当别人不认识他时,他就可以不要"名片"。

我选择了做"办公室里的女人"这样一个教条式的角色,潜意识里，也是想让他们知道，有一条死板原则的存在。这是我经营困境中最狼狈的选择。在我最应该风光万丈的时候，我却刻意地枯燥无味起来。

那部苏联电影《办公室里的女人》，后来的人们一般都不知道了。

7. 笔底乾坤

拍戏,就是一边拍摄,一边你要应付剧组这班人的把戏。

拍戏,本身就是戏。没有一天的日子是消停的。

白天把他们打发出去拍摄,导演说了,希望我少到现场,影响他的指挥。我也就少去。

一到晚上,剧组的人们憋足了气,就回来给我出难题了。所以,我都是集中在晚上处理问题。有时候太累了,就这么又热又脏地睡去。几天不洗一回澡,白住在这三星级饭店了。

半夜,老板来电话,"女一号"提出要求,要把她的妹妹招进剧组,否则她明天就不上戏。

她们的要求,总是通过老板来向我转达的。老板成了她们的代言人,而我成了公司的捍卫者。

大家都"不到位",只为了眼前的鸡毛蒜皮。这个公司的状态非常幼稚,总在闹意气。不知道最后的责任要落在谁头上。

演员,签约之前是孙子,签了约你就是孙子,就得伺候她。估摸着镜头已经拍了一堆,要换角色不可能了。她就来这一手。

剧组需要一些一般演员,但这种层面的在当地就可以找到。"女一号"的妹妹属于客串的群众角色,没必要从北京去请。尤其她用"罢戏"来恫吓我,决不能同意。

可是第二天早上就是她的戏,场地都布置了,还有配戏的角色也准备了台词。我一急,就说:"我改戏。这场戏我本来就不满意。我是编剧,可以临场改戏。笔在我手,我的版权。"

老板说:"不行吧?"

我说:"怎么不行?她可以撤戏,我可以撤剧本。搞不好我不合作了。别的公司也想拍这部《丽人》呢。反正名气出去了,投资方也有了。总之是我的剧本到哪儿,投资到哪儿吧。"

这一下,老板明白,把火引到自己头上了。

他天天帮演员来要挟我,没想到我也可以要挟他。

归根结底,这是他这个公司的戏。

他愣了半天,说:"那你改吧。"

这也给他一个台阶下。他向"女一号"讲,张老师要撤剧本了。剧本一撤,大家的饭碗都没了。

我连夜重新写了这场戏,将手写稿复印出来,交给明天上场的演员们。我给"女二号"加了很多的戏份儿。这"女二号"上镜非常靓,为人又谦和,从来不生事。手下人把复印件送给她,她非常感谢。这样下去,她将成为"女一号"。

翌晨,准备出发,化妆师在忙碌。我一早就到了,监场。

"女一号"也下来了。没有像她威胁的那样要"罢演"。可坐在那儿没有人睬她。人们在忙着给"女二号"做准备,化妆、服装都围着打转。

前夜的较量大家都知道了,"女一号"本来就骄横,人缘不如"女二号"。她的妹妹基本上是演艺圈外的。她的要求属于无理。我拒绝她,当机立断地拿出了对策,人人都痛快。

大家拿着我新写的复印件,在对台词,并不断地夸:"张老师,写得太有感觉了。真有戏。"

"女一号"被晾在一边了。她不甘心,依然挤上了大客车。坐到那儿,还是没人理,只有她一个人没化妆。导演叫排练,摄像就位了。她突然大哭起来,跑了出去。

她可能一辈子没有遇到这种事,大概过去她发难,人家都只能让步吧。因为没有几个编剧会"跟组"的。并且,也没有编剧同时又是制片人的。

既然你自己违背了合同,就怪不得我了。我在合同上也没有说你就是"一号",只写了你演某某。至于这个某某有多少戏,那当然是以编剧的本子为据。

一时许多演员都变得乖巧起来,她们跑到我的屋子里,大谈她们各自的戏和台词,一面夸我,一面希望我再给她们加点味道,也不要求加稿酬。对于演员,"露脸"才是重要的。

我手中一时显出了两支笔的分量。一支笔是财务总监,批钱的。一支笔是编剧,改剧本的。

她们是又想拿钱,又想出彩。这两把刀都在我手中。

感谢这位骄横的"女一号",是她开了头,逼我拿笔当刀,从此我学会修理人、修理戏。

演员们也爱来向我反映拍摄的情况。有些人戏太差,却因为导演的介绍,被放到了重要的角色上,一点不出彩,还妨碍了配戏的人。我一看回放,晚上就把这个次品的戏大大删节了。

《丽人》拍摄现场之一

《丽人》拍摄现场之二

第二天,这个戏最差的演员还来找我抗议,没用。我不说他的演技,只说,我对剧本不满意,所以要改。

导演一看,也乐得下台了。因为这个人根本担不起"男二号"的角色,他在同来的演员面前也无法交代。我一支笔,就把这些错失都补过来了。

在拍摄中,我积极地发现着谁才是真正的"男二号",立刻就把他的戏扩大,让他施展。

我们的合同里只签订了谁演什么角色,至于这个角色的分量,也没规定在原剧本中是不可增减的。我想,这其实也是合同的一种遗漏。大概编剧跟组的情况太少。并且也不敢太大动。

这样子,我们的戏天天都有些修改,弄得大家一时都敬业起来了。不知道张老师今天晚上要改谁的戏。演员都变着法来打听,"我演的还可以吧?"

我于是尝到了比导演更高的权威感。

我公开声称,现在谁要想"撂挑子",我都不怕,明天戏里就说她"离婚了","离岛了"。反正大潮之中,什么事都有。你们尽管闹,我尽管改。这戏一定是层出不穷的。我脑子里有的是故事。

演员说,张老师,您不怕您的戏受损失?

我说,我什么都不怕了,只怕你们。

这又不是《红楼梦》,本来就是不成熟的故事。

当一个目标接近完成的时候,你会发现你的初衷已经消失了。为艺术?成了为成本,为信誉,为企业,为生存。

演员不对路时,改戏也是为了提升艺术。多变的闯海生活,多变的剧本故事。有时感觉,这部戏似乎就是专门为了让我学习制片而出现的。它的随意性很大。怎么都可以成戏。

我还意识到,在小说《丽人》写作的时候,来到海南岛的人们与现在来岛的人们是完全不一样的。那时是一股热烈纯洁的理想热情在支撑着他们。在大潮中人们友爱、善良,在金钱面前还存在着固有道德观念的执着。所以他们的矛盾与故事,与现在是完全不一样的。

而在这个岛上,戏已经变了。浪漫与豪情只属于历史的瞬间。

《丽人》能够拍完,我的这一支笔作用很大。剧本的不断修改,调动了演员的心理,她们对我刮目相看,同时我们之间也发生了那种真正地为艺术为创作的交流。

这期间,也不乏人们的善意贡献。有一天剧务找我,说:"张老师,你不如把今天的戏改成'喝咖啡'吧,你原来写的是吃宴席,我们准备起来很麻烦,又花钱。拍出来还不好看。喝咖啡,台词和戏都还可以更丰富些。"

他又提醒了我。改剧本可以临时适应场地等很多问题。所谓戏的"场景"其实就只是镜头所涉及的一个角落,镜头可以推拉摇,基本就可以了。于是很多小说里原来的大场面就重新调整,剧务这一块立马轻松很多。镜头的完成量也倍增。

有时候,岛上发生的事情,身边发生的事情,也触动我的灵感,我会把它加进所拍的戏里去。这也是《丽人》深受海南人民喜爱的缘故吧。太鲜活了,闪烁着南方大海的气息。

之所以挑选珠影厂的班子过岛来,也是因为他们与海南的

修改剧本以调整拍摄

气质最近。所谓"海派"风情,在当时,京派与海派之分,在影视上还是很突出的。后来经济发展,混同起来,北京人也操"鸟语","海派"似乎也消失在大潮里了。

剧组里有个男士对我说,他只是在与香港的"合拍片"的拍摄中,见到过我这样的经营管理,这样的随时调整剧本。我才知道,原来我已经搭上了国际模式。

想当年我在"好莱坞"时,参观过一个电视剧的拍摄现场。人家根本没有剧本,只有大纲,两名深受观众喜爱的男女演员每天按时到场,领教了导演意图后,台词全是现编现出。非常有生活气息,成为最火的节目。

后来这两位演乏了,要上别的戏,这个电视剧只能结束。观众十分留恋,写信投诉,坚决要求他们回来。又回来演了几出。

与镜头搭配的能力,大大改变了我的文字创作构思的单一性。这对我后来的文风,和后来我独立从事电视纪录片的制作,是一个非常有价值的培养阶段。

拍完之后,导演又要挟加薪,可是没有钱了。这样我和老板带着磁带到了上海。名导演杨延晋和老板很熟,他说:"不用再找后期导演了,也没人来接这种烂摊子。就让曼菱来做。她是编剧,知道怎么接戏。至于镜头,我给你们找最好的剪辑师就行。"

他介绍了那位曾经剪辑过《天仙配》的元老级的剪辑师。

我就成了后期导演。千方百计地把那些拍砸了的镜头拼凑成戏,有时对着口型编台词。这样把十集戏剪出来了。

我不喜欢这种替人"补漏"的角色,"后期导演"在字幕上署名时,我用了一个化名,作为无奈的表达吧。

8. 夜半奉召

为海南拍摄的第一部电视连续剧《丽人》成功了。

这片子通过海南电视台向全国省级电视台发行。

当时执掌海南台的鹿台长向我提出,冠以他们台"联合摄制",有很多"让利"。但当时我雄心正猛,以为要一名夺天下,为公司争得"满堂彩",拒绝了。

这也是我不懂得"关系"的利害,民营企业,更尤其是影视这一块是依附在"国营"上的。

电视剧《丽人》覆盖了全国。它直接引发了第二次"海南潮"。

我与投资方被邀请参加了"西湖电视博览节"。

在西湖盛典上,大家都出节目。我唱了云南的"绣荷包",赢得头奖,那位唱"采茶调"出名的江南民歌女王亲自向我颁奖。

游艇漫游富春江时,澳门与新加坡的客人来向我商谈购买《丽人》一片的版权。他们认为这部片子的剧情故事,比其他大陆片都更能够为当地人接受。并且人们也急切地希望了解变化中的海南与中国。这令我大喜过望。

然而，回来后，我发现这一批磁带在制作时被偷工减料，把原声带与效果带合并了。因此，我失去了向外发行的绝佳机遇。这里面有巨大的经济利益和发展机缘。

在上海做后期的时候，他们为了把一批工作带的成本占为己有，就对不熟悉程序的我作了如此手脚。这只能是当作我付出的巨大学费了。

联想起整个制片的艰难过程，我感到这样很难起飞。

我想试试身手，脱离"海艺"，自己干。

这时候在特区内又有"小特区"，可以直接注册，先不论资金。我于是去登记。

我填了"丽人公司"，那位领导却认识我，说："为什么不干脆就是'曼菱公司'呢？"

海南曼菱艺术发展有限公司成立了。

我去买电脑，当时还是水货，386 的。推销电脑的那位小姐是四川大学毕业的，人很实在，讲得也清楚，我干脆连人带电脑，请到我公司里了。

她就是我的第一个助理小梅。

每天早上一起床，小梅已经上班，为我准备了早餐。我就学习电脑。把"五笔字型"学到了做梦手指都在敲字的地步。

有一阵公司的别墅里很安静，就我们俩，仿佛是在大学的阅览室里。我不时发问，她解答。

我和她都喜欢这种学习的氛围。我迅速掌握了这门即将覆盖寰球的新颖工具。那时候还不知道它有通讯的妙用，只知道储存信息、修改文章是大大方便了。

作家兼做制片人

记得我打字打得兴高采烈时,一口气打了十万多字,突然屏幕一片乱码。全部文字失落了!我大为恐慌,小梅也处理不了。后来她男友来,为我抢救回了八万多字。

他说:"口袋撑破了!一个文件不能装这么多字。要分开。"

我就是这样,初学会一点就开始操作、运用,在挫折中继续学习。小梅鼓励我这样,她说,要把那些软件全弄懂,对于你不必要,再说,这就是一个永远在更新的行业。

小梅给我的电脑理念,非常明智,就这样,我一直在使用电脑,一直都只需要关注学习与我操作有关的东西。

前面有《丽人》轰动性的成功,很多人都愿意与我谈合作,但是投资毕竟是有风险的事情。我一直在等待着。要非常有实力的、注重文化价值的大公司,才有可能完成我所需要的投资。

一天夜里,我正蜷缩在藤椅里,裹着睡衣看书。疲倦和了无目标,渺茫之中,人易犯困。

人生中真正空白的全然休息是没有的。失望和期待渺茫,是我一贯能享受到的最好休息。忽然电话铃声大作,有点惊悚。时间太晚了。

拿起电话来,果然不凡。对方说:"我是某某公司,我们马总请你过来一下。马上有车子到你楼下接你。"

这位马总,就是刚捐出一千万做希望工程的新闻人物。人们只知道他从北京来,来头挺大,不轻易露面,公司已经上市了。

我一下睡意全消。跳将起来,去冲个凉,然后拉开衣柜,我们用的都是那种迷你柜,就是折叠的那种塑料布的衣柜。

陌生人深夜见面,挑了一件厚实的云南蜡染的工艺布裙。庄重,本色。

一下楼,果然见一部黑色轿车停在那里了。司机出来,迅速把车门拉开。我上车就走,也不问。

马总有很多大楼,不知道要去哪一幢。问了也无聊,外面漆黑,我就是被绑架了,也没人知道。

他们绑架我有什么用?我在岛上无牵挂,没有人为我负责。既然讹诈不了谁,所以也不会有当人质的价值。

他们是深知我的处境和急需要寻找投资的心情的。所以我是在劫难逃。不多想了,随它去吧。

到了,如同深宫一样的大楼。记得大楼里空旷,很多廊柱,是西洋风格。正中一幅大型壁画,是《红帆》的故事,一位姑娘张望着大海,一艘挂着红帆的轮船正在向她驶来,船头站着一位英俊王子。

每个拐角上都站着一个高大魁梧的保镖,穿一样的黑色制服,似乎是呢子做的。大楼里空调凉得沁人。所以他们尽可以穿呢制服。

这些美男子都是保镖,可他们个个神气得就像王子一样。

真正的王子又是什么样呢?

我被带到一间金碧辉煌的屋子里,叫我"等着"。自己择了位子坐下。就向着那个进来的门的方向,等着。正感觉对方的傲慢,想自己要不要离去时,忽然背后有了声音:"来了?"

在我的背后还有一道门,看不出来。房间装修得太华丽,墙面似乎是锦缎一般,那个年头都时兴那样。

一名个子矮小的中年男子站在我的面前,他说:"我是马永贺。"他是光头,T恤领口歪斜,趿着拖鞋。

所以他要用那么多剽悍英俊的男性在身边服务。这有点玩世的味道。

他一面给自己倒着饮品,一面说:"张小姐,你不喝点什么吗?"

我摇摇头:"我是来和您谈合作的。"

他哈哈大笑,道:"合作?你那个小公司,干脆到我这儿来得了。我这儿什么人才都有,给你一点零花钱就够,你想拍什么都行。"

我说:"你那些人都是在本行里不入流的。"

他一愣,在屋里绕着走了一圈,改变了语调,"我知道你,一个女人,在海南挺不容易的,也挺有才的。这样吧,到我这里来,就不用吃那些苦了。我明天就要去欧洲了,你先回去考虑考虑。能见到我,是你的缘分。"

我还是那句话:"我是来寻求合作的。"

我坐上原来的车,回到了我的楼下。

他在去欧洲之前想见我,可能并不是想消磨一下时光的。可是他的调戏般的态度激怒了我。我也不想与之预约什么了。

早听说过,这位马永贺,他办晚会,自己玩高兴了,就不准客人走。客人一出门,就有高大警卫拦上来,说:"请再玩玩。"门都关了,只得再回去。

但这再回去,玩得就不是那么起劲了。有点强颜欢笑,陪人家笑啊。同时心里说,下回鬼才会来赴你的晚会。

这就是富人,强买欢笑,真寂寞,真无聊。

从此,我再没有见过马永贺。他在当时大概是海南第一有钱有势的吧。

我那阵子在学钢琴,教我的女琴师是鲍惠乔的学生。她的丈夫在马永贺手下做事。

一天,琴师教完我后,忽然说:"张老师您太骄傲了。其实马总并不是想对你不敬。他有个年轻的情人,是跳芭蕾的,可是马总和她一点没法沟通。马总从北京来到海南,非常寂寞,在场面上常听到人们说,您非常有风度又风趣,所以想结识您,也就是陪他谈谈话而已。没有别的。"

这位马总可能是最懂得人生真谛的人。

人生最大的魅力在聊天。其他都会有个够,而且对象可以替代,不必唯一。唯有聊天,只能是"那个人"。

聊天比"性"还要挑剔和快感悠长。

可是聊天有着"不可购买性",来不得半点不情愿,不像性事,可以半推半就。半推半就,就聊不成天了。聊天必须双方都有着性欲一般的热情和主动。

聊天是人的内涵,而性事,只是人的外延,延到哪儿都行,发泄完事。可内涵却永远固执。

这又是马总之类的金钱骄子不可企及的了。

也是从这些富翁的狂想中,我第一次明白,生活原来是可以这样分割开来享受的。富翁可以要一个大拼盘,里面放着全世界最好的不同佳肴。

那时马永贺公司的股票正在上市,几位助理知道我半夜去过他那里,都说要以我的名义,去要原始股票。

我说:"谁要敢去,就别在我这儿干。"

想用收买的办法,让我陪人聊天,我以为比那个跳芭蕾的更糟糕。那个只是肉体奉陪,而聊天则是思想与灵感的出卖。

海南的有钱人真想得出来,他们用钱营造乐园,还以为自己就是那个驾着"红帆"的王子。

后来又遇到了一个有钱人,"新源泉"的周总。

周当时娶了著名的黎族女演员,在岛上名气更大了。他也是派人来,说想见我。

我去了,他在那里打发这个,打发那个,很是招摇排场。

他那个公司的门厅很亮,到处放电放光,其实让人很不舒服,没有马永贺的品位。

他明知我来了,却故意和别一些人在说话。其实有的人是因为自卑,才故意做出这种"不理人"的样子。

我坐了一会儿,跟他的秘书说:"周总这么忙,我要走了。"

他这才过来了。然后说:"久仰,说吧,你要多少钱?"

这可把我气坏了。我说:"我是来找你要钱的吗?我是来要伙食费还是化装费啊?你也不问问什么项目,怎么合作?"

秘书忙说:"周总是相信您啊,谈的不就是钱吗?"

周在那里翻白眼。

其他的人坐成一圈,也都是来向他找资金的。我看他这么安排,其实就没有诚意,还不如马总。

他就是让我们互相来施加压力的。

我站起来,说:"周总,是你的人打电话到我公司,让我来谈合作的。你连坐下来的时间都没有,把我们召集来做什么?施舍吗?"

秘书说:"您太性急了。周总真的是有诚意的。"

我不理他,直接对周:"你以为你是谁?我在好莱坞办电影展览、为国争光的时候,你还在重庆的街头当混混吧?"

说完,我离开了那个人人举目渴望施恩的大厅。

也许,我可以不必计较老板们粗鲁的言语。但是屈辱之感在压迫着我。我始终没有达到"从商"的成熟标准。

富人利用别人缺钱的心理,想挫败别人的品格,以填补一些自尊。当你接受他的钱的时候,你就损失了很多你所珍重的东西。

海南的暴发户普遍有这种心理,他一定要看别人的难堪,别人的求饶,他才会施一点小雨般的小惠。

这似乎有一种恶作剧的心态。这与其说是富人、金钱与名人、名气的较量,不如说是权势的烈焰与文化的风骨在较量。在相持中,显然彼长此消。短视的利战胜长远的益。

在岛上人人都要"吃住用行",现实非常严酷。纯文化的公司越来越少了。文人们都在改行,成为老板们的"催巴"。

一天,一位事业鼎盛的女企业家请我去。原来,她要送给我一点"原股"。我忽然说出了我自己没想到的话:"我不要。你是女人,我也是女人。我们是这么好的朋友,为什么我要靠你的'原股'发财?我要自己干。"

她颇诧异地看着我。因为在这个事上,大可不必这么英雄气概的。多少比我伟大的人都安之若素。

那天坐在她的总裁办公室里,她当着我的面就交代助理,给某某、某某送多少份原股过去。那些都是海南的头面人物。

她说,因为敬重我,我们交情不同,所以她特地把我请到公司,亲自跟我谈。不料我还拒绝了。

这是一位全国"三八"红旗手。海南的西瓜第一次卖到北京,铺满街头,就是她干的。这也是她下海挖掘的第一桶金。

她可以说是有勇有谋。这件事情风险相当大,所以没有人敢想过。结果利润很高,又救活了岛上的瓜农。

但第二年有人想效仿时,西瓜却突然进入颓势。当时农业都是靠天时的,水果与鲜花都有一年旺隔年衰的运势。不像现在完全是大棚与人工种植。

半年后,她给我的公司投资八十万,支持我的作品改编成电视剧《涛声》。

这是一个经济低迷的时期。许多项目都下了马,而我却得到了生机。

9.财富烟云

我的公司开张了,电视剧《涛声》首发式在海甸岛的环岛大酒店举行。

那是海南第一家五星级饭店。

自从《丽人》成功播映全国,我在海南声誉鹊起。这回自立门户,很多人自告奋勇来为我效力。

记得那些毛巾、饮料,都是一卡车一卡车地送来。真不知道该怎么办。

助理们成天接待来邀请我去办"首发式"的酒店。只要我带上我的人马去,他们一切准备好,不用我花费一分钱。简直就是他们在竞争着为我办事。

当然,人家重在我的"人场"。海南的"北大人"势力强盛。我有八位师兄在岛上当厅长。办庆典肯定能把省长"搞掂"。

我选择了环岛大酒店。记得陈云夫人当时住在那儿,我还邀请她到宴会上观光。她说自己是来海南养病的。坐了一会儿就回房间了。

各种细节都体现出"五星"的水准。宴席是一半西餐一半潮州菜。因为来的领导有的不会吃西餐。仅是"吃"这一项,酒店为我投入了八万的成本费。还不用说服务费用。

那天,一个个戴着白色高帽子的厨师大堂伺候,真够气派的!

鸡尾酒、点心,巨大的吧台漂亮闪光。

吉日是八月十八日,"椰奶大王"王光兴也在那天有活动。两家暗中较劲。

后来他知道官员们都承诺了我这一头,派人来找我,说只要我"改期",他们给我多少赞助。这简直就是叫我"卖面子"给他了。

我大怒道:"我公司开张的日子,如果可以拿钱来买去,那我就不用开公司了,干脆给他当听差得了。这个擂台我是打定了。"

那天,我和助理们都在心里算着来客,海南各界的要人渐渐来齐,我们赢了!

那天还有一个插曲。就是当年我读大学时的一位男友,彼时正在海南任职。我也邀请他偕夫人光临了。久别重逢,今天居然在这样一个风光的场所。跟他们夫妇一起合影,助理们都说我挣足了风头。

接受了昔日男友的祝贺,我就把他们交代给小姐,到贵宾席去照应。

我的前老板,"海艺"的易总也来祝贺我了。我上前感谢他,在我困难的时候收留了我,从他的公司里,我学到了制片和很多从来不知道的东西。这是真心话。投身文化公司的选择是对的。易老板也是一直要做文化的。

与女企业家小平

海南环岛大酒店,电视剧《涛声》开机仪式,海南作协蒋子丹等前来祝贺

前老板诚恳地说:"你对我的公司有过贡献,相信你自己开业,一定做得比我好。"

当初离开的时候,我曾经对他说:"我并不是想去投靠别的影视公司,我就是想自己独立干一把。"事实如此。

我穿着一套台湾朋友送的时装,绿葱葱的外披和短裙,里面是浓郁的棕色、黄色、红色,表达着热带美丽的生命力。人们说,我与那个环岛大酒店的豪华很相配。谁能想到,我是夜夜在电脑前苦熬的人呢?

瞬息风华,月光如梦。灯红酒绿,奋斗依旧。

开公司的人,钱总是不够的,因为是用钱在做事,不是可以用买化妆品和时装那种标准来衡量的。投资来的钱,在我的眼中,颜色和纸张都有硬度,与手提袋里私人花的钱是两种货币。我就这么感觉这么管理的。

我手下人时常惊叹,张总太廉政了!进了公司那都是您的钱。

也许受到父亲的影响。父亲在新中国成立后的银行里,曾经多次被人审查而清白地出来。

剧组来了,我不允许乱花乱报,但我给高酬金。我说:"在外面干活的人,不就是为了带钱回家吗?就别在这儿糟蹋我和糟蹋你自己了。"

我讨厌那种低酬金高耗费的模式,钱花得暧昧。酬金也拉不开档次。后来到大陆,进入政府项目,我管理剧组也是这样,很得人心。

海南有一种"酷"。聚会到兴头上,喝酒时,就会各自报"岛龄",并数说:自己最初上岛时有多少钱,最少的时候有多少钱,现在有多少钱。

我上岛的时候带着一千三百元,是长篇小说《天涯丽人》的稿费,请出版社编辑喝过早茶后剩下的。

我的钱,最少的时候有三百元,全部拿出来请人吃饭,然后拉来两万的赞助。用完那两万元后,就找到六十万的投资。

这种事情,也就是在当年的海南吧。滚动起来,就有了事业。

滚动的时候,钱是一个"启动阀",总体机制还得有人气、人脉、人的信誉度。所以,也不是任何人都可以用三百元滚动出六十万的。

我手上一时可谓是财源滚滚,甚至很多人靠我发财。

他们假我之名去拉赞助。我发现了,找他们来追究,他们就说:"我是崇拜您啊!"然后恫吓道:"那个款我已经用完了。如果你要我还,我一定要再从你身上找出这笔钱来。"

有什么办法,只有算了。我一个单身女子,也结不起怨。

只要风生水起,我自有我的财道,何必与这些小人计较呢?

要说我在海南有过几次"财运",那应该是算在"女人的缘分"上面。这样说似乎没志气,但这是真实的。

海南的追求者莫名地带着一种恩赐态度。

最早的时候,一位"油老板"带我去看他的别墅。因为他说:"都是你们云南的大理石装修的。"我就兴致勃勃地去欣赏,这引起他的误会了。

他说,准备把第三层送给我。

我说:"好啊,我可以用来办文化沙龙。"

可他说,是送给我住的。

他母亲住一层,他住二层,这第三层我怎么住?

那时的富人们还很不会优雅生活。他们一夜暴富。

那时的富人说话也还有些羞涩含蓄。

我不揭穿他。我只说:"这个别墅的视野马上就被挡住了。你瞧,前面已经在挖地基了。"

他伸头出去看了看,果然是,外面已经画好了线。

过了几天,他又来请我喝下午茶。他得意地说:"我已经把前面那块地买下来了。你的那个什么视野,不会被挡住了。"

然后他给我看他买下那个工程地段的合同。

我呆了。简直是万能啊。别的男人可能是送点心水果来给女友,这家伙送的可是"视野"。

我说:"你做油又不需要文化,你要娶我做什么?"

他说:"我想我的后代要有文化啊。"

这么正派善良的用心,也够良苦。

我向来对财富场中的人都是颐指气使的。"招之即来,挥之则去"。这样我在海南的人气反而很好。人家参加聚会都要问:"曼菱来不来?"

只有我敢"得罪人"。他们天天身边围绕着秘书、保镖和恭维者,也很腻味。

我能"生气",这是拿他们当人,当朋友,是真的相处。

这就像杨贵妃敢跟唐明皇发火来劲,因为是真情,忘了利害。人到高处,渴望真情而不得。故唐明皇宠杨贵妃。

有一次,十几部车到兴隆度假。过收费站时,一部一部地交费。

吃饭时我发火了:"打头的是谁?站出来!"

那位老板从座位上起来。晚饭是他做东。

我问他的籍贯。他说了。记得是山西人。

我说:"行了。以后你别打头。你们这个地方的人,都别打头。"

大家诧异。我说:"你现在来请客了。刚才过路费,你为什么不把大家的钱都交了?总共也不过百把块钱。我们就可以潇洒走人。素质低!"

一时人们纷纷支持我。这位老板一脸惭愧,要求给他机会。

就这么修理他们。告诉他们钱不是用来摆阔的,是用来表达情意的。

那夜,那位被教训的老板,请大家到海滩去吃烤鱿鱼。弥补他的过失。

我们家乡有句话:"不要你屙金尿银,只要你触景生情。"

每次他们都从我这儿得些教诲回去吧。大家有新鲜感。

一次在酒席上,有个老板嫌我总也不搭理他,就举起酒杯向我走来,一面说:"作家,别那么深沉了。你不就是拍部片子,两三百万搞掂。这儿哪个兄弟都不在乎,不过是个零头。"

我也端起了杯子,我说:"老板,我知道你有。你可以甩出来两三百万,可能还有几千万。不过中国有十亿人口,你把你那些钱一人发一块,让他们记住你的名字,可能还不够。但我一部作品,起码有十分之一的人知道我。这能跟钱比吗?"

文化与财富的较劲,总是在我们之间发生。

海南有些卡拉OK厅莫名其妙地装修得豪华无比,包间里面贴金,喝的是"人头马"。女宾们拖金吊银,男士们玩"名牌"。可唱起歌来没有不跑调的。他们个个却得意非凡。

其中一位问我:"作家,觉得怎么样啊?"

我说:"好,太好了。就是还有一样不足。应该把这个屏幕取消,唱什么'九九艳阳天'啊?干脆中间放上一只金盘子,里面堆起金条或者是美金、人民币。大家就坐在这儿盯着看。何必要欣赏歌呢?"

于是他们都看着我,怪怪的。

我不理,拿起话筒来,自己唱:"风车风车你慢些儿转,小哥哥你为何不开言?"

我太"另类"了。但我威胁不到他们。我能歌善舞、活泼开心,不是他们身边那些女性可以替代的。所以他们还是欢迎我。

到了后来,开发者都有些层次了。又遇上一位求婚者。

夜里我接电话,他在那头说:"你想要过一种什么样的生活?"

我说:"我想遨游世界。"

他说:"我的国际旅行社明年开业。"

我就不吭声了。我去旅游,与你要开业,有何相干?

他用的保镖是前国家领导人用过的。我们散步海边的时候,保镖拿着雨伞远远地跟着。送我回家的路上,地上有水,海南下雨时积水很深。他就叫保镖背我过去。

我问他:"如果我嫁你,需要我做什么?"

他说,有的时候,代替他做社会交往。

我想,我必须完全地改变了。

如果我真的嫁给财富,我就被绑在人家的十字架上了。哪里还有我的潇洒与自由。

雨夜送我回家,他看了我的公司,说:"这房子太差,我那儿空很多好房子,随你挑一栋吧。"

我说:"不搬。这是我的公司。不会发生别人不顺眼就把我撵出去的事情。"

他当时就非常不高兴。到他这地步的男人,就要求女人归顺。

他对我有一种"驯悍"的欲望。制服我的野性,大概也是一种诱惑。

有一回他要到大陆去出差,临行前他说希望我能送送他。送就送吧,我从自己的公司出来,打的去飞机场。

不料那天岛上来了一个什么国的总统,弄得我们这一片封了路。等我赶到机场,已经晚点二十多分钟。我想,我只能是证明自己没有失约,到了。堵车那没办法。

副总在大厅门口接到我,气急败坏,说:"老总还在等你。"

惊出我一身冷汗。赶快跑进去,果然,他在那儿,一个人在那儿搓手。

我来不及说任何话,他跟我一握手,就进去了。

副总告诉我,因为老总非我来不上机,民航飞机也只有等着。

这么荒唐的事情,让我顿时傻了。我没有感动,只是觉得太严重了。后来他与我通话,我告诉他,我不值得他这样做。

我有点儿害怕这些神通太广大的男人,以后他要摆布起我来,插翅难飞。

"美丽的船家姑娘,快丢掉那小船吧,

离开那小破茅屋,到大楼里来住。

不,不!

我更爱我的小破茅屋,

啦啦啦啦啦!"

海南雨夜连绵。他打来电话,问我,有什么可看的书和报纸。他的司机冒雨来取。

那时,优质的刊物都要从大陆寄过来。他知道我有这途径。

虽然他是我身边有些知识气息的财富拥有者,但是我成不了他的"身边人"。

我告诉他:我喜欢在夜里穿着一袭棉布睡袍上街游荡。那时候满街都是出来纳凉的平民。嫁给他,我就没自由了。非被绑架了不可。财富的仇人多,一天剁我一个手指头。

他后来找了一位年轻美貌的小姐,伴随他飞来飞去,很合适。

企业界有些朋友愿意对我慷慨。我享受度假待遇,接受某些礼物,我会问价钱。人家无奈地说:"你要付就付吧。"

财富使人相聚,也使人相隔。对拥有财富的人,我总带点苛求和防范。这是不公平的。

我为什么不能原谅富人的个性与缺陷呢?其实普通人并不比他们好多少。

就像"恐高症"一样,我可能患有"恐富症"。一听别人跟我说什么"送别墅"之类,我就有种囚笼的感觉。

我这个人不值那个价,但我的自由,超过所有的价。

"人生感意气,财富如粪土。"

有一年,我和海南公司里的同事们到广州,花城出版社的老范亲切地招待我们。同事有经营过录音棚的。老范提出,正好香港方面想投资给"花城",想做录音棚。

他问我:"要不要把这个项目放到海南来做?"

公司那些人都非常兴奋,当时要做一个录音棚,投资是不少的。如果我们的公司有了这个录音棚,那在海南堪称"牛"。大家想到的是,出租录音棚,就可以坐收渔利了。

回到岛上后,我反复考察,反复权衡。最后,我告诉老范,我不能接受这个项目。

海南岛上潮湿,录音棚需要长年的养护。而真正到岛上来拍摄和做节目的,并不多见。录音棚可能长期闲置。这样下去,对投资方是失算的。

这个项目是以"花城"的名义接过来的。老范是想扎扎实实地帮我一把。

多少年后,我回到家乡,趋于宁静。再也没有那样如潮水一般的熙熙攘攘的社交生活了,朋友也多是文化人。精力集中到了历史与文化的探索行程。

我还是生活在那片笼罩着我们家族的文化浓云的下面。像父亲母亲一样,青灯黄卷终了。

10. 我的助理小姐们

在海南"下海"时,前前后后,名副其实的,我有过三位助理小姐。她们是"才""艺""貌"俱全的天涯丽人,一颦一怒,一成一败,至今令我怀想。

我开公司时,本来要叫"丽人公司"。注册时,被一个以"开放"著称的特区领导让我叫成"曼菱公司"。

我一直认为,这公司不应该只属于我的,它本来是丽人们共同的"乌托邦"。

因为公司里全是"丽人",买一个移动书架来,全公司的人便半天也装不起来。但只要丽人们伸头出去,隔窗一喊,大楼里面那些公司的男职员就会把他们手上的事撂了,跑上楼来帮我们装。至于要个车子,在她们也不难。

这几位小姐皆是"大学生",这是一代令我感到陌生的大学生。她们与我们那一代,与我离开北京时的另外一代人,都完全不同。

她们投身商海,多为"情"而来,情迷则失,又为"利"而往。

下海之后,长期与各种人合作,深感到许多人"做完好事,就开始干坏事了",但我的助理小姐们不是这样的藏奸之徒。

她们率真而来,率性而去,欢笑啼哭,声情并茂。我们洒泪而别,回肠荡气,演尽了巾帼们的"闯海"戏。

她们证实了脂砚斋所言:须眉常愧于红颜。

当为其一一列传,不负她们追随我历尽狂澜。略叙于下。

小 梅 传

小梅,小巧玲珑的川妹子,大学生,是我去购第一台电脑时认识的。

她与男友一块送货上门,教我敲键盘,踏入"386"之门。

电脑对于我,除了她讲,谁给我讲也讲不清。明慧清晰,令我开始诱她来我公司。她终于将她的"商务中心"盘出去,来跟我。

那时,公司划了七万办公费交在她手,我连账号都不知道。直到她走时,说了一句:"所有的账目都锁在这柜里了。"我也不知底细。等后来者交接手续,已是半年后。我才开始翻阅,竟是分毫不差,连"水果",都记账并写缘由。

我说:"小梅,你这样清楚干什么,有个大账就行了。"

小梅说:"在海南打工,除了钱,还要自尊。你这样相信我,我不能不尊重自己。"

一天,在公司办公室里闻到一股腐味,日益难嗅。小梅说,这是有了死老鼠。

大家搬开家具,果然找到。恶臭难当。我捂着鼻子说,拿十块钱去下面找民工来吧。

小梅她们便下楼去,找了正在挖水沟的一个男人来,拿走这死耗子。

后来小梅说,她男友感叹:"你们老板多好啊。要是我们老板,一定是要我们亲自动手去拿的。她不是没钱,她是想着法儿地支使我们。"

我当时想,她们比我年轻,更娇气,我都嫌臭,叫她们干岂不糟蹋人?

小梅知道这种尊重。她很看重这个。

她男友后来的工作,也是我介绍的,给我一位女校友打工。人家是房地产大老板,有楼有车,但小梅却认为,那位阔女人不把别人"当人"。经常让她男友陪同晚上"谈生意",在酒吧之类的地方过夜生活,半夜三更的回不来。

虽然夜生活有加班费,小梅仍然很生气,终于要男友辞去了这份也是"助理"的事。

我的那位女校友来问我"为什么",我不好说什么,但心里我是同情小梅的。那位财大气粗的女人搞不懂:为什么小梅还在我这穷公司干着,而小梅的先生却不在她那阔公司里干了呢?

小梅是很有骨气的女孩。我认为,她是有机会就可以当老板的人。

有一次宴席上,一位台湾小姐过于出风头,喧宾夺主。小梅站起来,举杯要求全体:"为我们老板干一杯!祝她事业成功!"

过后我说:"你何必呢?"

小梅说:"是我们请客,又不是她买单。"

她对我有过一次较大的不满。我公司一时找不到可靠的保姆,小梅就将她自己的保姆荐来做事。一天,我清理房间,将多余的迷你柜给了保姆。那保姆高兴坏了。后来,就有点不太听小梅的了。

我明白这事不对,已经时过境迁。

是我乱了管理的套路。

小梅离开公司,正是公司红火的时候。八十万元到位,电视剧《涛声》开拍。剧组要求必须住在组内。而小梅不愿违背男友的愿望,做夜夜不归的女人,于是她决定辞职。

她一走,我少了一条得力臂膀,因此我说了很难听的话。

我说:"你当初就不该来。这公司本来就要拍片,现在你让我上哪儿去找可用的人呢?"

其实我是想说"可靠的人"。

小梅还是冷静地走了。她说,她不愿意失去这位从大学时代就恋爱的男友。

小梅在她最想显身手的时候走了。她透露出她的危机。小梅使我知道,"闯海"的女人真难。和男友在一起干,又受他局限。不在一起干,又要担心。而自己干火了,又怕男友受冷落。

我不知道小梅现在何处,她是否还拥有那位男友?她为他已经做过多次流产手术,常常小脸蜡黄尖瘦。

我只知道,她当初卖给我的那台电脑,是海岛上文人中唯一一台从不出毛病的电脑。直到"换代"时,打开它的人惊叹道:"这是原装货!真正的品牌机。"

电视剧《涛声》拍摄现场,在海瑞墓前

小妮传

小妮,江西人,是我的助理中最媚的一个。

我爱听她边唱边舞《编花篮》:"编,编,编花篮……"

歌星唱的也没有她唱的水灵、媚气、动感。

小妮也是助理素质最理想的一个。她能打字,能起草合同,甚至能翻译。

至于穿着出色,整理内务,陪客人等,都是最到位的。

直到我们成了朋友,我才知道,她一直是充当大老板的助理兼情妇的。

她曾独占一座别墅,有一天,来了一个更年轻的女人,老板带了来就走开了。那年轻女人进来,坐下就梳妆,并问:"你什么时候搬?"

小妮才知道自己已被弃了。

她拿了自己简单的东西就走了,还把没用完的洗浴液什么的留下了。

然后,那老板叫人来跟她"摆平",即付了一点钱,小妮不敢闹,她有弟弟在这里开发廊,是这老板帮的。

小妮还有女儿,在江西家乡,靠她寄钱回去养。

有一阵她曾过得很开心。那是对小妮最好的一个老板,他只恨不能娶她为妻。

可是一天,他们刚起床,那四十多岁的老板一面叠着被子,突然手就抬不起来,当时就中风了。这完全是累的,方方面面的压力太大了。

小妮只有打电话给他的老婆。那老婆高兴极了,因为丈夫再也跑不掉了。

那老婆找了她丈夫最讨厌的女人来伺候他,老板的病就日渐严重。小妮悄悄去看过他,写了字条给他看。他不能说话,只是眼中流泪。

小妮便住在旁边的地方,不忍离去。她掌握着机要的钥匙,害怕自己走了,老板被那些"副总"坑害。

可是那老婆素质很低,听任医院摆布。小妮于是自己出钱,专程到大陆请了有名气的好大夫来,要给老板治病。

可是当"老婆"的那女人在此关键时刻,却仍不知死活,坚决不许,也许是蓄谋报复。

小妮求了老板的弟弟及亲属,人家只有叹气,说不上话。

小妮眼见心上人日渐昏迷和呆痴,最后只得交出"机要"手续,洒泪而去。

这种情义,真是怪得很,情妇胜过了"老婆"。

而男人们也是奇怪,把那个最爱自己最可靠的女人放在"家"的外面,而另外那个只剩下报复和愚昧的女人,则交给她生杀大权。到最后关头,就一手制造了自己毁灭的悲剧。

究竟什么是"家"呢?一个真正能理解你明白你,对你负责,按照你的心意办事的人,才是你的归宿嘛。

那种只懂得盘剥你的女人,早就应该处置掉。

我由小妮们身上知道,人世生活的标准不止一个。

我们相识之初,我劝过小妮,找一个相当的男人,过上正常夫妻相伴的生活。

她和另一个也是打工的男人相好了一段。

这一段时期,她很希望我的事业能成功。在大陆,女人们相妒很普遍,但是在海南,我的这些助理们都希望我成功。因为,她们把自立的希望,把美好生活的憧憬,都寄托在我们公司的发展上了。

那阵子,一位身居要职的北大男同学正和我谈合作,我们想成立一个大型的文化股份集团。小妮整天给我做那些方案,各种申请报告。她内行。如果那六百万集资到位,我非由她来料理不可。

小妮的男友其实也在看我们的势头,然后再决定是否留在岛上。在岛上的女人是真拼命,男人给我的感觉是更眷恋大陆的。

有一个腾飞的机会在那里。那阵子我很累,也很兴奋。我才知道小妮多么会照顾干事业的人。她会做按摩,手软得让人受不了。她还会给人做小吃调养。

我说:"我知道那些老板为什么一定要你助理兼职当情人了。"小妮说,她要是跟我干,更心安。

小妮对男人洞察如烛。有一次我们一大伙人去游泳。在游泳场躺着时,她跟我说,她的男友喜欢上我了。我大骇。

她却笑笑。她说:"你没看他现在都不敢正面躺着吗?"

我说:"你那位男士的分量太轻了。"她说,这也很正常。

我说:"那你对他不能彻底交代了。"

后来他们又散了。我的"大公司"梦也告吹了。

温柔深情的小妮,不知她如今可还在商海中浮游?不知商海中可有她能依靠的真情存在?

小洋传

小洋是新疆人。到海南才改了带水气的名字。

我估计,除了自尊意识特别清晰的小梅,那几个助理的名字都是到岛上才改的。她们将原来那些小地方小家子气息的名字,什么珠啊凤啊的都一笔勾销,给自己起上了港台小说与电视剧里的"绯"名。

这岛上什么"婕"啊、"倩"啊遍地都是。这种名字就像时装一样,对于女性可能很重要。

再说,在岛上男人们老板们也改名字。五十岁了还改什么"剑"啊,什么"雄"啊的。既然有权利重新选择生活,那选择一个名字还有什么?

小洋现在是名副其实的小富婆。她是在新疆不甘心封闭生活,通信中认识了一个男士。

面都没见过,就画了一条对角线,从西北跑到东南,找到这个男士,当天就把自己交给了他。

这男士发现轻而易举竟得到的是一个处子,被感动得哭了,从此发誓要对她好。虽然其实也有很多男人式的违约,但最终他们结了婚。

由此,我知道小洋的胆子非同一般,于生活的想象也非同一般。其实这也是过海女性的基本特质。

由于她的不拘一格,所以,在岛上卖"楼花"的旺季里,小洋帮人跑生意就发了一笔。在岛上"百万"才可称富,这全是她自己的钱,还不算男友的。小洋既想拍戏,又想写作,于是在咖啡厅里晤面后,她就正式来帮我了。

她一来就显示了能力。注册时,那个开发区负责人一面办手续,一面就想挖她走。

我的公司验资时,是她找了十万美金打进账户,放了三天,过关再转走的。

她有模特儿的身姿,平时披金戴银,关键时候,拿得起放得下。

《涛声》的开机仪式在五星级的"环岛大酒店"举行,一条幅标不合适,来不及找人,小洋就自己干了一个通宵,浑身汗水,似刚洗过了澡似的。

那天早上,我们几个女人乱作一团。我守着公司,让小梅小洋们去做头发。我直到下午四点还没有洗一个澡。

四点到了,我取出准备好的裙装,可这时小洋来了,她也穿一身白。

一旁我的一位女友,台湾来的棋女士说:"你怎么跟老板穿一个色?"小洋说:"我穿这套合适。"

我没话可说,我已交代过她们,我要穿白的。因为她们年轻,好配色。

棋女士就带我到她的住处,挑了一套绿地色的海外洋装。她说:"你对部下太软了。"我说:"我看大处。"

那天我是让小洋主持会场的,给她风头。可是她的声音发抖,明显没有经验,怯场。面对那么大的场合,缺应对能力。客人们便都看着我。

小梅说:"张总,你再不上,我们就要砸台了。"那天来宾有副省级的,厅级的就有七八个。我只得去补台,叫她下来。

在台风来临的日子,正好是剧本打印的时刻。小洋她脱下高跟鞋,走过临街漫膝的污水,去取样本。她一心要在这戏里学习"场记",将来向"导演"进军。

可是临了,她仍然逃不过女人"想上镜"的心理,终于她提出要上一个角色。我知道,这又完了。

戏中也有个助理角色,不过是个男的,她要求我改成女的,由她上。

对这事,导演的第一反应是:"'飞机场'也要上戏?一点性感也没有。她围着我转了那么多天,我没一点感觉,好像是个男的一样。"

他是指小洋是平胸。

这话我没法跟她讲,只能说导演不同意。

她说:"你说了算还是他说了算?"

我明白,她一直想在我和导演中间选一个来倚靠,能使她在剧组的地位更优越。

开拍以来她一直是当"场记"。其实她不懂场记,是我按照她在拍戏前的要求安排了"双场记"。人家摄像的老婆才是真格的场记。

但我觉得她要想学电视,当然先从场记开始是最佳的。场记是半个导演嘛,一直要跟到片子出来,什么来龙去脉都学到了。

一个"小富婆"愿意学真本事,这是应该鼓励的。总比把青春都花在时装和男人上面强。

真格的那位场记当然要排斥她这个"陪场"的,但自古学徒没有不受气的。搞影视是磨人的,可我没想到,她在现场跟了几天,竟要降格当龙套演员。我心里说:真没出息啊!这下倒落了个"飞机场"的美名。

影视界的嘴是最损的。何必自讨没趣呢?好好的当你的助理和场记,谁敢奚落你什么啊?

不过,年轻小姐,理应有梦。何况,外国也时兴平胸型性感的。再说,来拍戏的这几位女角,也不见得都是美波啊。

如果我的助理没有梦,没有非分之想,她就到不了海南也成不了富婆了,只有在新疆当个失恋者呢。

我这个作家来开公司拍电视,不也是非分之想吗?她应该有梦的权利。

为了这个龙套角色,我权衡了一天。是的,我不能推给导演。演还是不演,都得我来负责。导演成心贬我的助理,出口中伤人身,说明其人老而无德,但我也不能感情用事,反过来而让她上戏。

她想上的这个角色,是不可以"男改女"。因为这样一来戏的味道就要变了,很多性情方面的关系就不好处理,主要角色也少了很多的烘托。这一改是戏受损失。

我安排她当场记也是有深意的,帮我盯在现场,人家在拿她当老板的替身。这个局面也是我事先想好的。

作为助理,她怎么那么不明白,这个时候,我需要事业的助理,不是戏上的助理。

她一听到我的决定后,下午就离开了宾馆。我们公司是有纪律的。拍摄时期一律不能离开。到晚上我正在开主创人员会议,电话来了,找我的。

化妆师接的电话,递给我时他眼睛里透着点担心。电话里是一连串粗鲁的谩骂声:"你妈的你有什么了不起,在海口老子怕过谁?你去打听打听吧。你那些演员有什么香的?导演老混蛋!落到我手里时,再走着瞧!你说吧,她能不能上镜?你想耍我们啊?"

话筒清晰度太好,一屋子的人都听见了。有的交换幸灾乐祸的神色,有的担心。

我说:"说完了没有?你听着,我的助理,有事叫她回公司来跟我说,你是她老公也没用。我不跟职员的老公谈事。你也是经理你应该明白。不让她上戏是我的决定。因为那个角色是男的,她是女的。这不干导演的事。你要算什么账,我随时等着你。我来海口的日子,你还没来呢。海口的路,你认识我也认识。就这么着吧。要是不想让公司开除,告诉她马上回来!"

会开完后助理回来了。她进屋就向我赔不是,说她的老公喝多了。我只有接受这种解释。但她不明白,从此,我的公司裂开了一个口子。

贴身的助理尚且可以威胁我,人家看我的眼光里有了同情也有了放肆。

当然,她在人们的眼中,也从一个可爱的小姐变成了有黑社会撑腰的女流之辈。男女演员都远着她,玩笑也不找她开。她在剧组待得更没劲了。

以前她跟我到北京去时,曾经冒充过我的股东,被人家当场告诉了我,那时她请我原谅过;但这一回我明白了,"暴发户"始终是暴发,她可能是商场的一把好手,但她不是跟随我走这条文化创业道路的人。

她没精打采地过了几天,实在对付不下去,就退出了剧组。我也不再挽留。

这样的小姐我接触不是第一个了,都是让钱害的。

本来清清秀秀的一个年轻小姐,谁见了都不会想和她过不去。人伶俐,蛮可以学点什么做点什么,靠自己的能力,而不是靠金钱去闯开一个世界,这是多么叫人舒心和自信的事情!

可是她不,她偏偏要动不动抬出一个"钱"字来,请出一尊邪神来,搞得四不像,人家倒胃口,不敢再把她当成一个"小妹妹"。

什么是年轻,年轻就是超脱,无污染。你搞得连老的都害怕你,真是糟蹋自己的青春本钱啊!

我倒希望我就是个年轻的大学生,不是名人也不是作家,跑出来东闯西闯的,把自己塑造出来才是真金呢。

临别时我们还是都动了真情,因为一开始我们两人曾经希望长相处。

可能也有一点,我对她曾经太"朋友"了,很难共事。

我有很多失策的地方。比如说,我跟她也谈自己的男朋友,她对他评头论足。我也有苦恼,她于是便自作聪明地取消了我头上的光环。

她对我仍是信任,在这岛上,她没有可信的人。

有一天,她男友打电话来,说她失踪了。接着她又打了电话来,说她要带着钱回新疆去。

我说:"那里还不开放,你敢带这么多钱回去?恐怕你的命都难保。"

他们一闹,总是我调解。直到她离开公司。

她也从来没有出卖过我,包括我的私生活。

"十年修得同船渡。"

我的有棱有角、有型有款的助理小姐们,与我共渡海中沧浪。我们的缘分,实在是待在家中的女人们想不出遇不着的深奥情缘。

难忘的还有前面提到的来自台湾的棋小姐,她似乎是我的编外助理。

拍摄期间她几乎每天要来剧组里一次。不能来时,也要打电话问候我。她捐献了不少衣服给剧组用,她的车子也常为剧组的事跑着。

可贵的是,她能看出我的处境,能够安慰我,并为我调解剧组里的一些纠葛。

毕竟她是台湾来的外资方,导演还指望她将来能投资拍片,还为她安排了下一部戏的角色。棋对这些看得很清楚,她为了我的大局稳定,总是和他们应付着。

她在我这部戏里上了一个无聊的太太角色。她告诉我:

"闹着玩,留个纪念。我不会当真的。"

她在台湾曾自投罗网自己去坐牢。

棋原来是典型的旧式女性,很早就嫁了人,生孩子守家。不料丈夫用她的身份证去抵押贷款,负债后不能偿还。按台湾的法律,谁的身份证谁就得坐牢。棋没有接受这个不公平的罪名,她从此离开了家庭和那个不负责任的男人,化名在外面打工,自己养活孩子。

她干得很成功,得到人们的信任。她的干爹就是司法部门的头,来往的都是司法界的,见了她都很亲热,使她觉得自己不配,不清白。

本来是被丈夫陷害,可是自己不能又来骗人,这样在良心的天平上摆不平,所以,有一天早晨,她就自己上那里的派出所去了。那些人都知道她是谁谁的干女儿,听说她来投案自首,要求坐牢,人家都不忍心,叫她走。

台湾的这种法律,其实早有人提出过要修改。它坑害了不少老人和妇女。因为她们的身份证让当家的男人掌握,被拿去贷款,而自己不知道就犯了法。而坐牢的时候,不问谁干的,怎么干的,只管是谁的身份证。因此人们都同情受害者。

但棋说她想过了,想了两年了。其实,如果当时就坐,这两年也坐满了,现在躲着,倒好像一辈子都在坐一种牢一样。不如干脆坐满它! 不欠什么,无忧无虑地生活。

棋小姐找男朋友的时候,就告诉对方她已有三个孩子,是两个父亲生的。

我不想教她欺瞒什么,可是我根据自己的观察,还没有发现我们大陆的男性有值得如此信任的。

棋所遇到的人,能够承受这种坦诚的几乎没有。有,也是乱许诺而不兑现的。

棋是纯洁的。她因她的纯洁而受伤。在台湾和大陆都是一个文化。

为了应付在五星级宾馆举办的开机仪式,她借给我一套绿色台湾时装,后来棋到东北去发展了,就一直没有机会还给她。那套衣服值一万台币,一直让我惴惴。现在,它是我对她的怀念。

当我重登大陆,重返旧圈,我感到我们的故事留下了太多的信息。我们之间将是追忆无穷的。

助理小姐们,张总向你们问候了。没有你们,也没有我人生中的这个"老总"啊。

11. 流"金"岁月

那的确是一段流"金"岁月。

那一年我在海南拍摄电视剧《涛声》。眼见得金钱如何流去,如何改变了人们的脸相和本性。

金钱在导演着忽悲忽喜的闹剧,使那些原本宝贵的追求淡而化之。

在那种时候,我痛恨金钱却又需要金钱,痛恨那些只盯着钱而践踏一切的人,可又无法摆脱他们。

我不再感到自己是"作家"什么的。我和我的公司变成了一个流金的口子。人们也都不再是原来的身份气度了,而是一些"扒金"者。都在努力地把我这道口子扒得大一点,好让金钱流得更猛一些。甚至,制造决堤。

海南曼菱艺术发展有限公司原来叫"丽人公司",所以尽是些小姐。要保卫流金堤岸,保住成本,维持"流金"和"岁月"的正常比例,这真是一支软弱的抗洪队伍啊。

为了和那些创造超支和截取流金的阴谋搏斗,可怜的丽人们昼夜抢险!有几个精彩的场面,有几处淋漓尽致的表演,值得大书特书。

心如大海

岁月一旦流"金",剧组的镜外戏可比镜头戏厉害多了。那种应接不暇的滋味,是做其他事情体会不到的。

一周之内,有五十多人从大陆飞来,云集海口,包围着我。这全是我跑过海峡去物色来的,全是"正牌"影视专业人才。

在大陆时,他们通过各种门路被介绍被引见给我,都十分地谦和。多数人有着体面的学历和影视从业经历,有的和我有间接的朋友关系。人气一集,潮流汇拢,胆气壮了。看那些眉眼之间,便有了不同的内容。用内行话讲:签约前他们是"孙子",签约后我成了孙子。

我是在引"狼"入室,但拍片这事,本来就是"明知山有虎,偏向虎山行"。

我与剧组集体见面的开场白是这样的:

"我想把话说在明处,好让大家都省些心眼省些劲儿,专心拍戏。我知道,你们是来挣钱的,当然也为艺术。大家素不相识。我这里有一堆钱,咱们合作的纽带就是它。两个月时间结束,你们就把这堆钱拿走,我呢,就得到一堆磁带。这是一个交换。不是有合同吗?我希望这个交换是一个和平友好的交换。到时候,你们高高兴兴拿到了钱,我也高高兴兴地拿走磁带。好拿,别恶拿。不过告诉你们,不行的话,恶拿也得拿!我是决不会让步的。临阵害怕,就不会当这个法人了。吃点喝点的事,咱们都好说,可以让步,但是拍摄一定要完成。恕我太忙,朋友暂时不交。要交朋友咱们另找机会。"

讲完这些话,人家说我"满身商业味"。有人公开向我表示遗憾,似乎我破坏了他"心中的那个女作家形象"。还有人口口声声说,他是冲着我的剧本而来的。

但我无动于衷,闭门谢客,尽量不让人上我这儿来"演戏"。

想叫别人别耍和少耍"把戏",首先是我自己一点把戏也没有,透明度大。不过事后来看,不管我是"透明"还是精明,要来的总是要来的。

还真让我说着了,最后,"恶拿"事件还是发生了。

这是我干的第二部片子了。拍第一部片子的时候,那帮人就以为,女制片人会为浮生色相所迷,上来围着我耍心眼套近乎。

女的要给你修眉帮你挑裙子夸你有气质,男的则一脸侠义地总说"有什么"就叫他。只要你心一软,决策失误,被人家导演,自己也入了戏,就凭空生出许多事情。财也丢也生气,让你知道久走江湖的人们的厉害。

这次来势也不弱。

"男一号"第一天从东北飞过来,因飞机出了点故障,我见面慰问了几句,导演就传出了我们"一见钟情"的话。

当天夜里一点,有人将电话打到了我的床头,找这位男演员。我笑道:"您打错房间了。"不能生气,得比谁会玩。一生气就输了一半。

我包了一家新加坡的三星级饭店的九层。全体演职员吃饭都在雅座里。平均每天支出两万元。

刚住进来的时候,演员中还有人说:"只有合拍片住过这么好的地方。"但很快就有人暗示她:别说。

其实我知道,平常接戏,他们都睡小店。只有主创住宾馆。现在我让他们都住这三星级标间了。

我不和他们同桌吃饭,同桌一近乎,加酒加菜,种种来不及考虑的要求,你都得应承着。

但"事"还是赶来了。

我不露面,人家就在下面刁难我的职员,几个大老爷们传出了口信,说什么:"从来还没有受过这样的气呢!被一群女人管着。早上吹哨子集合是女人,中午叫休息吃饭也是女人。领东西得找女人。买个东西报个账吧,也是女人。走遍天下,哪有女人管男人?"

我告诉我的职员们,不管它,这是故意想刺激人,破坏我公司的管理威信。我没有说,这是有人想取而代之。谁呢?反正,是"男人"喽!剧组里的某些男人吧。

开始来压力了,他们要求晚上顿顿加啤酒,天天有饮料,有时到了不答应就要"罢工"的势头上。

当金钱成为一条小河流动起来,那些合同便都像软弱的泥土,像一段段偷工减料筑成的江堤,纷纷动摇欲坠。签约的时候遵照的那些法律条文,好像没有一条是真的。

当人们认为他们已经到了一个单位领导以及亲友邻里都看不见的地方,又看见站在他们面前的,只是一个女人带着更年轻的几个女人时,"法"和合同便都软弱了。

晚上,我通知在楼道里开会。他们都懒得集中,各人坐在各人的门口,等着好瞧的。

"你们中有人提出了要求,作为继续拍戏的条件,对吧?让我来答复你们,我的职员是答复不了的。因为钱在我这儿管着呢。我想说的是:你们现在住的吃的,都是平时我和我的公司职员舍不得住舍不得吃的。这么贵的房费,合同里并没有写着。我可以让你们住差的,不必要带空调。考虑到组里有几位年纪大的,大家不适应海南的高温,我还是把这笔钱给扔下去了。这是不是实在话?你们有没有在良心上掂量了一下?

"海口是个高消费区,可我们不是富翁。我自己是个文化人,最恨人家看不起文化人。所以我包了这个饭店,也是尊敬艺术抬举文化的意思。你们过去拍片,人家都比我有钱得多,真正的大老板,可是人家没给你们住这么好的宾馆吧?你们现在还要闹。有人早就忠告过我,让你们搬去住党校招待所。这样省下的钱,喝多少啤酒都够。你们是看中我心太软,才这样闹的。不是吗?不是说,不答应条件就不拍戏了吗?好,明天全体买票回大陆。戏,不拍了!"

一语完了,我走进自己的房间,关上门,但外面散坐的召集不起来的人们,此时却已集拢,都拥到我的房门前来,敲着门,悦耳的男声女声亲切地呼唤着我的名字。

趁着我的助理进屋来向我报告事情,他们一拥而入。

"请你们出去,我们要谈我们的事。请各位回去准备,明天上飞机。我们之间的关系已经完结。你们可以罢戏,我也可以罢拍。这合同没用了。是你们先撕毁的。"

"张总,您不能这么不负责任啊。这前边拍的不是损失了吗?"

"损失?损失当然是我承受了。这个责任我能不负吗?有什么办法？到现在为止已经花出去四十万了。将来我赔，我用我的稿费赔。写一辈子还赔不完吗？对于我是经营失败，无能！我认了。"

"为什么要这样呢？您太任性了。继续拍下去不行吗？"

"按照你们这样花样翻新的要求继续拍下去？风险更大，可能赔的不止是四十万。"

"那，我们的表演，我们的艺术也是一种付出。您不能不管。"

"我没法管。因为是你们自己不尊重自己的艺术。戏拍一半，你们可以拿一半的钱走。不就是要钱吗？你们的艺术？你们也把你们那点艺术看得太高了一点吧？好像你们给我拍完这戏，我就要发了，就可以拿去卖几个亿了！算了吧，拍片这事我干过了。我知道，可能根本就卖不出去，卖不回本钱来。我这是用自己的公司担着风险，弄来了钱，搞了剧本，给你们一个艺术创作的机会。你们不担什么风险，到时候都拿够了钱走人。一堆带子扔在我这儿。我还得去做完后期，还得去找门儿发行。我图什么？我是个作家啊！在文学界，我不见得比你们中某些人的名气小。要谋生，不见得比你们的机会少。他妈的，把我气坏了！走，走，走！都给我出去。跑到我屋里来干什么？"

人气，心气，把我闷得喘不过气来。我走到窗口，"哗"地一把推开窗子。一阵夜风从海上袭来。我正想探头出去看一下天上的星星。突然，一个高壮的身躯像一堵墙挡在我和窗口中间。

"张总，您不能跳！"

"不能跳！"

"想开些!"

简直像是阴谋排好的戏,人们一个连一个焦急地嚷嚷开了。把我弄得莫名其妙。

"什么?谁要跳了?"搞半天说的是我呀?

这下更把我气坏了。他妈的,我为你们几个跳楼?你们也配?老子是从老虎嘴里爬出来的,还会跳楼?是不是你们想谋杀我呀?

真弄得我一口气憋了回去。一看,都是诚挚关切的眼神,也不能说都是假的。

人真可恨!这时候要再骂人,我也没那个劲了。尤其是外围的那些后赶来的,也没弄清什么事,尽在那儿说:"老总为拍戏要跳楼了。你们这些闹事的,也该收收了。人家一个女的。"其中也有借着这势头劝说平息的好人。

我说什么好呢?一伙人就围着我在这屋子里转过来转过去的。

我只有大吼一声:"睡觉!"

我的本意是我要睡觉了。但他们却当成,我又在发命令了,是叫他们回去睡觉呢。

人群一面在散去,一面听见有人小声问:"那,明天还拍不拍呢?"很快就有人拉了他一下,意思就这么混过去了,别弄明白。

翌晨,我又恢复了我睡懒觉的习惯。自从这班人过海来,我在睡觉上的损失是最大的。这天早上,也没电话,也没人来找事,挺安宁,好像是他们全都离岛了。慢慢地起身来,一个楼静悄悄的。我穿着一身睡衣,坐着喝茶。这时才想到,每天都要注重仪表,穿着要适合场面,是多么累人!

我一直是以随意着装为自豪的。在男朋友面前,我告诉他:"因为我是名人,名人穿的就叫名牌。所以,我不必穿那些昂贵的名牌。"

他受我的影响,也开始炫耀他买了一件什么"地摊货"。而穿在我身上的地摊货,别人一般都是估价数百元以上的。我也不想说破。总之,是达到名牌效应了。

可在剧组到来之后,我的女人的弱点暴露出来。面对着这流光溢彩的以视觉形象为得意的人群,我也不由遵照起"每天不穿重样的"这个时髦定律来。

我的助理小姐们更是争奇斗艳。我明白,她们是不愿意人家把我们海南的女性和海南的公司小看了。"我们是你的门脸。"助理小洋对我说。

正喝茶,助理小妮进来了。我说:"那些人呢?"她说:"全都走了,一大早,七点半就上车拍戏去了。"

我说:"怎么又拍戏了?怎么那么爱拍呀?告诉他们,这回我不付钱了。要他们付我的旅馆钱汽车钱机器钱。这戏是他们拍,不是我拍。"

小妮笑道:"他们怕您翻脸了。今天早上,导演起得最早,其他的人也没用敲门喊,都悄悄地起来走了。"

我说:"怪不得,我说我怎么睡得那么熟呢?"

小妮说:"张总,回来您还是别理他们,让他们知道厉害。"

我说:"当然。"

当然是当然,可这戏还是我的戏,我不能不上心啊。何况,今天这戏拍"名人俱乐部",景点在海南最考究的蓝宝石俱乐部。那里面从沙发地毯到一个门钉,都是从意大利运来的。这帮家伙就是只掉两个烟头在上面,我也吃不消啊!

我到了现场,一看,果然人家老总也在那儿。人家也不放心。我和那位上海老总在边上喝着咖啡。我跟他说:"这剧组到人家地方拍戏,就是头天新鲜,二天热闹,到第三天就烦了,恨不得马上赶走。"

他说:"是啊,我们的小姐都很高兴。"其实他的神情已经在紧张了。

这时正在布灯,定机位。都是大的铁家伙在地上拖。

我一看,不好!马上起身去干预:"都抬起来,抬起来。别在地上拖。"

剧组的人们发现了我。几个女演员高兴地上来打招呼。有一个还好心说:"眼睛还肿着呢。"她们以为我哭了一夜。

我也顾不上说什么了。忙着过去,找制片主任和导演交代:"怎么这么野蛮操作?明天还想不想在这儿拍了?"

看见我出现在现场,有的人松了一口气。

总之,他们又把我拽上路了。只要我还想拍戏,只要我还认这个剧组,那么,这驾马车我又得拉起来,脖子上架上套。他们又可以想办法左右着我的马头,折磨和鞭打着我这匹马了。

就是这样,永远这样,干事的人怕搅事的人,有信誉的人怕没信誉的,正道怕邪道。这就是在当今中国民营企业家的命运。只要你还想干成件什么事,只要你还存有什么美好的希望,你就得怕着，腰杆总是软的。孙子！

这一场戏，还是把人家"蓝宝石"的皮沙发和护墙板损坏了。上海老总铁青着脸，但他一直没有说"赔"字。可能是因为我到了现场，他目睹我的努力，知道我无法驾驭剧组的德行，出于闯海人对闯海人的一种同情吧。

人家都讲海南是"认钱不认人"的地方，但其实，我在整个拍戏中，还是海南的人们体谅我多一些。他们知道一个"难"字啊！

在海南有个北大校友会，是几位有声望的师兄出面帮忙，让我借用了海南最豪华的别墅和写字楼作景点。甚至一只宠物小狗，也是真格的注过册的名种。

在拍摄中剧组给我惹的祸，人家从来没有跟我计较过。后来，在银梦别墅又破坏一个高档桌面，那是把台灯在上面拖出来的。这种动作，要是在他自己家里肯定不会有。近乎故意破坏。

有一次，剧组集体端着快餐盒在地毯上吃喝，汤水泼洒，令人家十分厌恶。

一位老总说："都说海南是新开发区，很野蛮。所以，对这些大都市来的艺术人才我们很仰慕。没想到，连海南的一个盲流都干不出来的事，他们干出来了。"

因为导演曾经到过我的住处，那时候，他是一个摄影家，亲切地为我和公司的小姐们拍照片，用这个借口他看过我的房间。于是，在剧组中就传出了我的钢琴"是老板送的"这样的话。

钢琴是不是送的？谁送的？属于我的私生活。没有必要去向他们解释。但紧接着,有人就开始在若干个帮助过我的老总们中寻找对象了。

后来在"新大洋"的卡拉OK厅免费拍了一天戏,厅里的少爷小姐全上台帮忙,上了很多高档饮料,也没花钱;我还白白借用了老总的"凯迪拉克"作道具,带司机。于是目标就落实在"新大洋"的老总头上了。

他们专门提出要上哪儿吃一次饭,人家也满足了。这本来是老大哥的义气。可越解释越不清。反正总要给我找出一个"靠山"来,才算符合某些人的心理吧。

总之,败坏我这个女制片人的名誉,使剧组里疑云重重,使我的公司来路不明,使我的威望下落,最终做到众叛亲离,山穷水尽,图穷而匕首见,好戏就会登场。这个把戏,是导演得非常成功的。比镜头戏成功多了。

按我的规定,剧组需要的东西一律统一购买。这就招来很多人的不满。因为过去他们可以从这里得到很多好处。

比如,拍一桌菜,他可以给你准备全组人吃的菜。理由是:既然做了,就让大家都尝尝。拍一只鸡要买十只,全组人都要吃。气得我改酒宴戏为喝咖啡。

女演员的服装不够,导演就出主意,让采购带着演员出去买。结果她看上了件高档的,还说只有这件才符合她那场戏。等拍摄结束,她就来找下面的职员,要求"折价卖给她"。因为除了她,别人也不合穿。这就是她的"戏"。

总之,这些当我都上够了。我有一位能干的副导演,联系了新加坡的时装中心,让剧组免费使用服装。可那些想让我多花钱的人却不高兴了。

这人的心,怎么就不在戏上?酬金都是往高处打的,大头已经拿了,何必在小处还要掉价呢?

"女一号"挺合作的,她行止正派,每天关在自己屋里背台词,看不惯了也爱说,常常提醒那些人不要乱来。

有一次,她担心灯具把豪华汽车压坏,出来干预了几句。又有一次,她对导演的艺术处理有看法,我支持了她。可是传到我耳朵里来的,却是她要跟我作对。

后来我单独约她吃饭,两人很是投机,她告诫了我许多。

但后来她被迫沉默了。有人告诉我,"女一号"在场上很受他们为难。导演不给她配合和特写镜头。我在做后期发现,果然如她对我诉说的,次要角色的镜头常比她更突出。

拍戏的人,什么毛病都好说,就是得看重戏。否则你还叫"拍戏的"吗?吃点喝点,玩点懒点和搞点小绯闻,那都是正常的,反正他们不会把孩子生在你剧组里。拍摄周期还不够长。

一切为剧组服务和让步的原因是想出一部好戏。如果把"跟人斗"放得比戏还重要,那么,性质就变了。

我公司的会计,原来是一家川菜馆的老板娘,因我经常去那儿吃饭,认识了。她表示对文化行当很是倾慕,这一次就让她兼职干。我想,她笼络客人的本领在这儿可以起到一些润滑作用。

对导演,虽然感到他有不可捉摸之处,但总是担心他年龄太大,所以我专门拨出一笔钱,让会计给他买补品、水果等。仅是"中华鳖精"一样,组里的几位老人都有份。我还嘱咐会计给导演专门烧一些小菜,以她个人的名义送去。这样,也可以避人耳目。

会计很高兴地对我说,导演常跟她说一说心里话,她可以当我的耳目。最后我发觉,她拿我的钱做了自己的人情,导演一骂我这个"资本家"心狠,就拿她做对比。

应该说,自从这导演来一搅,公司方面的许多人就糊涂了。她们本来就对影视抱有神秘感,自身又不是真正的文化人,更搞不明白什么"导演中心制"和"制片人中心制"。

大概是一听到导演就想到那些大名人。其实这一位并不怎么的。发生这种土崩瓦解的情况,我这里的人员素质也太成问题。

真正见过世面挺过大局的没有。不过是钻空子发了点财而已。而那种"炒"来的钱,是代替不了素质的提高的,并没有真正地做成一件事。

这位导演一直在导着两部戏,镜内的和镜外的。在我的暗中资助下,会计每天送去的滋补食品,使他精力旺盛。

我从昆明调来了一批家乡人,他们到来时是很热情的。后来,因为我重视剧组的专业人士和依靠本公司的职员,他们有些不满。老乡嘛,当然,我是从"任人唯亲"的角度选的。因为他们既不懂电视,也不懂商场,只有一种开眼界的新鲜感和向着我的亲情。正因为如此,我可以不多搭理他们。

从工作上看,他们多是打杂的。我应该使一切井然有序,不能乱了分寸。但在内心中,我对他们这一块是不加防范的。

在紧张和充满风险的经营中,总要有一小块绿洲嘛。起码在感情上感到不是孤立的,感到一点人情味。

乍看起来,他们在剧组里既不起眼又微不足道。这是最好的安排,可他们却开始心怀不悦。

他们本应该从生活的细微处关心我。作为八十万投资项目的老板,我身上不带一分钱。给剧组买的饮料零食和酒堆了一房间,可是我的屋里没有一瓶矿泉水,浴室常常没有洗发液。

半夜还在修改剧本的我,常常拿着暖瓶徘徊在关闭了的锅炉前。

是乡亲就应该比别人更维护我的权威,可恰恰相反,他们喜欢在人前表现我们的特殊关系,因而常常目中无老板地对我耍脾气。

我只有一言不发。这就是亲戚老乡们进入企业带来的弊端。

作为法人,尤其是一下子要应付来自全国各地的五十多位聪明人的敏感时刻,流金岁月里,她需要的是密而不透的筹划和周全有序的管理形象。谁能理解?谁能理解这一点?

又一天,剧组的大姐要离去了。大家都很依依不舍。

这是剧组唯一一次举行的送别晚会,能干的助理小洋,通过关系,包了一个卡拉OK厅。

在那个"跳楼之夜",这大姐是那些真心关心我的人之一。她演艺精,为人好,在京华享有名望。据传,她的丈夫要任高职了。我知道有的人对她是心生敬畏的。

我希望剧组里能多有几尊这样的正神,弹压邪气,我好"借钟馗打鬼"。

但她要走了,她的戏已完。北京的摄影棚在等着她。

这场告别晚会后,有点像《红楼梦》到了六十回,开始走下坡路,直至低谷。这位大姐一走,那些人原来不敢提的要求不敢做的事不敢说的话,就都跳出来了。

剧组用车三部,有一天一共出了三起交通事故。第一起是倒车不到位,把一部崭新的豪华轿车蹭伤。交警一来,让拿五千块。

我托了一位"及时雨"姐们,降到三千。中午,一辆大客车单行线逆行,罚款,还骂警察,重罚。下午,就在宾馆楼下,居然撞了一辆军车。

那位兵哥哥下来就骂:"只有老子撞人的,还有你来撞我的?"

在这里,军车之快和野是众司机都让三分的。可剧组的司机就不怕。为什么,因为出了一切事故,掏钱求人都是我。撞坏的车是我租来的,也是我修。

有好心的人忠告过我:别指责,不能对他说重话。也别说要扣谁的钱。要不事故更多。什么事来了,绝不能看成是故意的。否则下面就会真来"故意的"了,吃亏的是你的车和你。这就是"冤大头",但还得充着。

只要一运作起来,剧组的一切损失都是我的。合同上虽然有雇员要对所造成的损失负责。可是其实最大的损失就是"停拍"。

为了罚一个司机很可能造成停拍。一下子不见得你能找着合适的人替代。还可能牵连其他人怠工。即使来时不相识,他们也会串成一气。

这个"劳资关系"摆在那里。他可以无缘无故地恨你,整你,而不问良心道义。

中国人似乎认为:只要是"对资本家的斗争",就是正义的。给这个资本家来点难过,给这个资本家来点损失。

自从一开拍,导演是常把"资本家"挂在嘴上的。若有什么合同外的过头要求被我拒绝了,这个理论就立刻被提出来:"资本家还搞点感情投资呢!"

可是我的投资方并没有给我这笔"感情投资"。

而其实,正因为我不是真正的资本家,他们才如此张狂。

谁让我是同胞呢?还是同一个文化界的。如果是洋人,是"世袭资本家",他们管保不敢来挑剔你是男是女。只要说,这是"洋规矩",是"港台规矩",准保佩服得五体投地。

自家的规矩不算规矩。国内的企业不算企业。这就是当今一些不自尊的中国人所为。

一个社会有序没序,公民的素质如何,自信心如何,在这些地方到处可见。糟蹋自己的文化,糟蹋自己的地盘,糟蹋自己人,是弱者的拿手好戏。与此同理,往自己的土地上扔那些不能降解的塑料垃圾,正是各阶层有各阶层的扔法。

我的男朋友在开拍前一直劝我,他说要留一部小车给自己用,以维护老板权威。

我不听,全给了剧组用。他们买几颗图钉都开着车出去。

我却成了"蹭车坐"的人。真是失误。心太软!

就在这天下午,男朋友来了,他刚从大陆江淮转了一圈回来,见到我,双眼闪射着热切的光芒。讲话不连句,一看就是,有太多的东西要告诉我。

上一次,他来告别的时候也是这样,那天下午本来是留给他的。他也是留给我的。公司里的人都打发走了。可是电话却响了。我犹豫了一下。他的眼神告诉我不接。平常我是不会接的。何况他明天就要出去。可是冥冥中我觉得必须接。

一接,果然是投资方要我马上去正式签约。我的心立刻就"变"了。还不等他走,我就先离开了一分钟前的温存。

因为他一开始就嘲笑过我"办公司"。我便干脆只说"有事"。

这一次,我也是接到他的电话后,决定下午不出门在宾馆等他的。谁知道事情出到了宾馆门口,又是倒车出的祸。还跟人家解放军叫板。我再不下去,可能人家就要搬战友来了。他失望地说了声:"你去吧!"我说:"等着我。"

等我处理完了。匆匆推开门,一看,他留了字条:"张总,您忙吧。"

我知道这也留下了危机。晚上我打电话问他,他说:"事情完了,你还在下面不上来。"可我总得感谢一下那些帮我调解的人们吧?他根本来不及看清楚我周围的环境氛围。

这就是逆境。都上来了,到处给我埋地雷。

一切都让他撞上了。

他恰如其分地骂了我一顿:"你以为中国就缺少你这部破

片子？等着吧，就算你去找出钱来弄出去，还不知道有没有人愿意播呢？播出来又有没有人看？现在正格的干这行的人还找不着饭吃。你倒好，当红的作家不干，好好的文章不写，愿意去受这帮人的气。凑什么热闹？"

我得承认，我在海南开公司时，如果说有时还提了下笔，还有些文章问世，让读者想起我来，这全都是他的功劳。在维护我的文学事业上，他功不可没。

他希望文学加伴侣的生活，这正是我在拍片以前所憧憬的。现在也没有变，只是他对我的看法已改变了。那个敏慧多情的我，仿佛失落。现在是神经兮兮的无情者。

我无法向他倾诉我的恓惶。倾诉得到的，只会是等在那儿的一句话："我早知道会这样！"

在这流金岁月里，流失的不只是金钱，还有那南海涛声中伴随着的我的爱。

对于我的个人生活，制片的确是一场破坏。我们都因此而痛苦和静默了许久，变成两个故作陌生的人。然后分头踏上未知之路。

当我们分手的时候，他说，他今后找对象的标准"一是不开公司不当法人，二是以前结过婚懂得婚姻生活"云云。

我说："我明白，总之，是我这个人的反面。不过，你也不要因为这一场而走向另一个反面啊。"

既然不能相随，互相都会失望。人们一旦尝到甜蜜，就那么恐惧心灵的孤寂。可即使是在结合中，孤寂也不可避免地会来临。为什么不能给心爱者一个云游世界和人生的自由呢？

归宿的意思,对于我,不应是对人生的禁闭,而应该是"永远宽待你"的意思。

归宿,是人们用灵魂去营造的。一旦你真的等待过谁,这"等待"就会与生俱存。而只要有人在内心里等待你,归宿,也与生俱存。

生活的碰撞并不是简单形成的。也许,我和他总是要碰撞的。不过地球不也是要毁灭的吗?可我们还是在营造和梦想着美妙。

反正当星球毁灭的时候,我们已经完成了梦想和生活。

这就是人类啊! 不是神仙。

超凡脱俗并非为人的使命。而追求美和塑造梦影,哪怕是瞬间,这正是人性的卓越与骄傲!

在短短几个月的时间里,闹钱的,闹气的,闹情的,闹病的,真正在乎这部片的只有我一个——倒霉的制片人。

这不是什么明星大片,也不是什么压轴好戏。可是任何一件东西,没有真正"在乎"它的人,就不可能被创造出来。

而对于我,"在乎"自己所干的事情,是我的天性,也铸成了我的命运。

什么事情,可别让我真在乎,一"在乎",就得"共存亡"了。这是我的蛮性,很难被驯服。算起来,几位优秀的男友都曾在这上头败下阵来,当然,也等于我自己败下阵来了。只有蛮性永远胜利,它与我同在。

我"在乎过"的东西,要我中途而弃,这首先就是对自己精神的一种摧残。锲而不舍,也许最后也是悲剧,可那是可以承受的悲剧,没有伤到人格的筋骨。

就因为这个,我可能发不了大财,但也完不了蛋。

从本质上讲每个人都是淘金者,都要力争体现自己的社会价值。而金钱,则是这个价值里很重要的内容。何况,还有谋生需要。

原来我们认为与金钱不沾边的东西,比如信誉、能力等等无形资产,现在不也用"含金量"来评估?何必回避这个"金"字?

淘金的行为方式不同,风格不同,造成人在这个社会中的各种地位。而扒金,无非是淘得太猛太过和越轨,有强人所难、巧取豪夺之嫌,就是说损人利己。但这也可以理解,就是说他利了自己。

一般摄制组成员,你不能禁止他"扒金",也禁不了。你只能适当地"被扒",又适当地一毛不拔。掌握节奏,撑到结束。

后来我在上海做片子的"后期"时,电视台要求录音返工。那位录音师返工后,我还是给了他全酬金。虽然按说我可以扣他的,可他却说:"你返工花的这些钱,又不是我得了。"

老天!他就只看他那一块,他个人得了没有。他不看"他给我造成的损失"。返工,仅租机器费用就不少。何况,还有时间和许多过程,事情一曲折,成本就要增高。这些道理,我气得都不想跟他讲。

从进入"制片"这个领域,我渐渐接受了这一切,承认他们的心理和做法很正常。否则你每天都要在义愤中,如何运作?

是的,他们只在乎他们所得的钱,因为他们是来打工的。工仟何必要对成本负责呢?你事后又不分利润给人家。人家当然是算那一小块,而你要算好你的大块。

在一个摄制组里面,谁都重要,不重要就不会请他来了。能量的大小,也全看他在剧组里的位置。主创人员,导演摄影美术的作用力和反作用力肯定也比一般的人要大得多。

谁都看得出来,导演的行为一直有些奇怪。别的导演都是尽力与制片人搞好关系,他却是时时想取而代之。

开始时因为制片主任对我很服从,他就闹了一通。我那时还只当他是"老小孩"。别的导演只对酬金和艺术感兴趣,他却对其他例如"权力"更感兴趣。

我错误地相信了他的承诺,说什么:"我都这么大岁数了,这可能就是我这一生最后的一部大片了,我能不尽全力拍好它吗?有那么多年轻人你都不请,却请了我,我能辜负你吗?"

我忽视了一位名演员对我讲的,他在这位导演下拍电影时,多拍了二十分钟的胶片没法接上去,这是巨大的浪费。演员的戏也被糟蹋了。因为是国家厂,也就没有人来与他计较。

据说他患有脑软化。人家其实忠告我别用他。他精力旺盛,策划精密,搞得我应接不暇。倒也不像是脑病人。

戏到末尾,"男一号"要先走一步了。那天我叫添酒布菜,与他对饮。

我说:"这个角色需要一个有霸气的演员,可我没想到你这么霸道。"他说:"你才霸道呢!一开始我就说了,我是冲着你来的。可我从来没有见过你这么霸道的女人。"

我说:"这都是让逼的,我惭愧自己还不够霸道。"

他说:"没几个女人干这一行的。"

我说:"别计较了,我感谢你的辛苦和你的戏。"

他说:"台词太多了,以后少写点。"

这是条东北汉子,刚烈仗义,独往独来。他曾主演过驰名中外的名片。在我剧组里他是下了功夫演戏的,也不参与那些鬼鬼祟祟的事。

他虽然平时与我有不对劲处,但他绝不是那种带着居心来的不善者,所以,他也是我心中的一尊正神。

那天我们都喝得酩酊大醉。他可能是戏完了的解脱,我则感到一天天地势单力薄。我明白我有意远着他的原因,就是出自第一天导演那句"一见钟情"的定义词。这有如蛊语。

导演真是太知道我的性格了。做一个法人,我原想尽量地摆平众人,结果我失去了一些可靠的朋友。

我已嗅出了一股阴谋的气息。可是我说不出什么,我只能顺水推舟,等到水落石出。

中秋就要到了,人心思归。我应该抓住时机,适时停机。导演却提出,下面的戏要到三亚拍。

三亚是海口最乱的一个地方。若到那里,将与我的北大校友会失去联系。海南北大校友会的老大哥和老弟们是我的强大后盾。从经费来说,也不允许再把线拉到三亚。

我按照自己的意图调整了下面的镜头。我做过后期导演,知道戏如何能接。这很重要,可以主动,不受挟制。一方面开始要准备大规模地发钱了。

原想将所有人的酬金都发成信用卡。钱从银行走,这本来是一种国际接轨的做法。可是遭到几乎全体人的反对。据说，我会在信用卡上做暗号，使他们取不出钱来。

这时候，在海口"提现"很困难。每个账号每天只能提五千元。虽然公司有很多账号，但要一天内发出十七八万元来，远不够用。

用三天的时间，我就调动了所有的朋友关系和合作关系筹集现金。每天，在我的房间里，会计出纳们迎接着口袋里鼓鼓囊囊的各路援军。

从医院的挂号费，旅馆的住宿费到小学校的体操服费，我用支票向人们换取各种大票小票。我预备在中秋的头两天宣布停机。终于，在那天早上，流来的现金已足。当然，形形色色，有的纸币破烂肮脏。

这次紧急现金大汇集，体现了我没白待在海口这几年。

这些天，出纳自称"胃疼"，不出来吃饭，饭是从门缝里递进去的。门上的安全链一直挂着。屋子里有十八万现金。

有人告诫我，楼下两个房间被人订去，住了一伙闲人，每天打麻将。内内外外的形势都这么复杂。我们只有几个女人。要保证这条船在最后不能翻，必须步步小心。为防万一，我请了北大校友会的老弟，当晚带几位男士过来。

剧组是十点钟结束戏的。我宣布：立即发放酬金，明天解散剧组。这时，人们的情绪一下子高涨起来了，都很高兴。

早就有人问过我："中秋能不能拍完？"但剧组的原则是不问什么人间节假的。如果我要拍下去的话，人们也会服从的。从一点看，这班人平时虽然闹吃闹喝的，让我多花了些钱，但是

"大辙"还是可以的,没有什么破坏性的因素。

如果我没有请来这么一个导演,这个剧组也就皆大欢喜地完工了。哪个剧组没有哭哭笑笑磕磕碰碰的事啊?等片子一出来,不也就成了"咱们的戏"了吗?

那真是一个流"金"之夜。凌晨三点钟,十七万多一点的人民币全部散尽。除了有人计较票子缺角之类,没有一桩争执发生。我心头一阵大轻松。这才真是"敛财聚祸,散财免灾"啊!

事实证明,组内的多数人与我并没有什么真正的冲突。他们有些紧张的情绪,全是由于有人造谣,使他们担心酬金不能顺利发放。钱一拿到手,各屋里不时传出轻松的笑声,人们都在忙着订票回家过中秋。

可我却笑不出来。事情出在了要出事的地方,那包暗藏的毒药终于被抖搂出来了。

一边发酬金,一边各人使用的剧组器材物件道具服装都得交回。签了清单手续,才能领钱。这时摄像师爆出了冷门,有八盘已拍好的磁带失踪了!

本来,每天我都派公司的人验收磁带,但我太相信这位上了岁数的摄像,我还让他把老婆也带来作场记。

他是获过"金鸡奖"的,我以为这种人应该会珍惜名誉。与他同来的美工师是屡获"金鸡奖"的,因为看不惯导演的做法,被他们无端排挤,已气得提前走了。

有人在磁带上下手了,想以此吊住我,把握片子的命运。

如果我不能按时发出酬金,剧组的每一个人都可以拿走一盘磁带作为抵押。那样形成经济纠纷,很难说谁是谁非。

但我没想到,居然有人敢无缘无故地将我的磁带先行拿走了。

我下令:与磁带有关的人员,酬金暂停发出。冲突终于亮相。摄像的老婆、制片主任冲到我的房门口骂街。已经睡下的导演竟穿着裤衩出现在走廊上,又跳又叫,好像是在发梦呓一样,说:"有人偷他们的磁带。"

我和北大校友会的朋友们冷静地待在屋内。

剧组是与我签约被我聘用来的,为什么会一下子黑白颠倒,反客为主起来?还会有什么怪事要发生?

怪事在演下去。宾馆的客房部经理来了,制片主任要他来驱逐我屋里的"外人"。经理说他只听吴主任的,只认他,不认我。

我说:"他是我的雇员,他的制片主任是我封的。你知道吗?"他不知道。我说:"这儿的房费是我付的,谁是外人,我说了算。"他也不依。

就这样,我自己包的宾馆,住不下我北大校友会的朋友。只怪我平时太放权了。于是我请出"钱"来,再增开房间。

海南岛是个无奇不有的地方,谋财害命也会发生。可是在一夜之间,这雇来的和老板颠倒了位置,这近乎是耍赖了。

他们明抢磁带,侵犯了被法律保护的公司财产。

我一直奇怪,他们作案水平如此低劣,是不是太看小了海南了?就是当海盗,明抢,也轮不上你们这班人哪!他们以为海南真是"三不管"地带吗?这就是这帮有文化和搞文化的人的道德水平和法律教养吗?

后来,我常常想,应该把这些人在这儿表现出来的嘴脸,揭出去让他们原来地方的人们看看,看看他们原来掩藏着怎样肮脏的灵魂的。

当他们对面向你彬彬有礼地走来,当他们对你伸出手时,你能分清下面掩藏着什么吗?你能想得到后来发生的事情吗?

在那个不平凡之夜,老乡们紧紧地站在我的周围,令我感到极大的宽慰。到最后关键时刻,他们从感情到行为都站在了我的一边。毕竟"亲不亲故乡人",在危机面前立刻原形毕露,谁也不会看着我吃亏。

一位男老乡说,他会一点"拳脚",必要时让我说一声。一位女老乡气愤地及时去打电话,请来了检察院的老乡,请来了律师。

当法律界的人士反复向他们交代,指出他们已犯了侵害公司产权的法。导演却傲慢地对他们说,他比他们更懂法律。

看来,他以为他是"从北京来的",就可以不把海南的执法系统放在眼里。

导演要找"投资方",他振振有词地说,要投资方来说了算,因为钱归根到底是投资方的。他还打了几个电话过去,意思是说这边大乱了,要投资方过来解决。人家没理他。

其实在我们海南人的眼里,他真是不知道自己是吃几碗饭的。一个"导演"也好一个什么也好,总之是一个雇员。他却以为,这社会大舞台上的戏也是他说了算,以为可以导演企业和法律吗?

中国社会这么几十年来,都教了这些人什么啊?

几十年大锅饭体制,培养出来一股刁民。这也是改革的阻力。

那些想在现代中国法律之外创造奇迹的刁民可谓不多也不少。我一听到他找我的"投资方",就明白他心怀叵测,做人太不本分了。作恶还想攀缘?你不是靠哄着我才签了合同才上的海南岛吗?投资方跟你有何相干,挨得上吗?

我说:"你无权过问我的资金来源。别管我偷来抢来骗来的钱,现在钱在我的账上,就是我的,我说了算!你们就得和我打交道。谁要想去找我的投资方也是没戏的,你打电话她也不会来,她若插手她就违约。造成的损失是我们双方的。这一点投资方很清楚。她只会站在我这一边。你就别幻想了。要是想跟人家要钱,自己去办个企业找项目再去合作吧。先明白,现在你是在我的企业里干着。你必须对我负责。"

回到屋里,电话来了,投资方的老总说:"你那个导演给我打电话呢,我又不认识他,不是上次吃饭你带他来,我根本不知道他是谁。你公司雇的人,跟我什么相干?"

一个白天过去了。化妆师轻轻推开门来向我告别,他说:"发生了这些不该发生的事情,真扫兴。想不到你还给我发了红包。谢谢!"

我说:"本来承诺过的,当然要兑现。"本来,我也给摄像师准备了红包,念他平时工作辛苦,没想到他会做出这种事来。

这位著名化妆师还送给我一对漂亮的水钻耳夹作纪念。他说:"明天早上九点,我们就上飞机了。北京来的都一块走。"这轻轻一语,提示了我。

我放下耳夹站了起来,目送着他出去,就立即在夜色中出了门,找到就近的公安局。这位仗义的化妆师,我至今感谢他的告别。

一到公安局事情就简单了。警察验看了我的营业执照、拍摄许可证,问清"有无经济纠葛",知道不是闹酬金问题,而是在发酬金的过程中磁带被窃。

人家立刻表态,这属于公司财产被侵害案,但他们打了个呵欠,说:"今天太晚了吧?明天再去。"

我说:"明天他们要上飞机了。"警察说:"那好,就在候机室把偷磁带的人扣押下来。上了飞机也得下来。"

这时我的心软了。这是我最后悔的一件事。如果听警察的,翌晨到飞机场去扣人,搜箱,这伙人的违法行为将公之于众。而被扣于警方,会使他们名扬京城。日后也不敢再来捣乱了。也好教育一下那些扒金者,海南岛不是好混的地方。

可是,我却想到文化人的面子,想到他们今后要做人要拍戏。这么特大新闻地闹将出去,对他们的压力会很大。

我还担心:公安人员万一来点粗暴的,这伙人经不经打?不管怎样,文化人对文化人,不能太狠。

其实我又错了,文化人对文化人,历来是最狠的。鲁迅先生早就有体会。并且,如果不是文化人整文化人,那场"文化大革命"会有那么精彩吗?

在我的恳求下,公安连夜赶到宾馆。

于是一切复归正常。在公安人员的查问和监督下,摄像师写下了"是导演要他将磁带交给山东来人的"交代。导演写下了"不该无视制片人处理磁带"的检讨。制片主任写下了"送回失踪磁带"的保证。连剩下的十来盒空白带子也交了回来。

这是一些两面性很强的人,你跟他好说,他装腔作势。公安一到,他"懂法"了。

于是第二天放虎归山,他们全走人。

剧组走了。海南作协的韩少功打来电话,说:"那些混账都走了吗?"我说:"你怎么知道他们是混账?"他说:"不是混账是什么?"

原来我"跳楼"和后来抢磁带的事情,外面都知道了。大家都很关心和气愤。有个黑道上的姐们还问我:要不要下掉什么零件?我说:谢谢,请暂不要管我的事。

海南的人们事理清楚,知情达义,令我为这个岛而自豪。

其实,在这种时候我不想接受什么同情,只想把内幕尽量掩盖。因为我不想让投资方发生顾虑,影响到后期打款。

个人的发泄和委屈算什么,成功者才有发言的权利啊。

法人永远是孤军。"报喜不报忧"也实出无奈。从这一点看,中国社会对那些真正的大企业家的指责偏于苛刻。

就是在当机立断的那个晚上,我摆平了被搅乱的大局,赢回了对片子的控制权。也就是在这天晚上,我尝到了法神保护的甜头。对于我来说,这个时代本来就该是这个样子。对于他们,则可能只是认为时机和理由没选择好。

又经历了再次集资的苦斗,片子做出播映了。

导演干了几桩无法无天的事情。当我把一切证据备好交给律师时,我突然不想与他打官司了。

这个人从挟制到夺权到破坏,行为到了令人不可思议的地步,属于心态不正常者。不幸让我遇上了。

选择主创人员尤其是导演时,选择其心理是否健康很重要。年高不见得德高,年老也可以导致丧心病狂。

如果我再次选择他作为打官司的对象,岂不是又要以我的丰美年华和健康身心来作奉陪?相当于陪葬。这一点,即使最后他能在经济上赔偿我,我也是不划算的。

何况,律师说,这种对个人的官司,赔偿没有保障。它不像企业,法院可以扣押资产。这种官司你赢也是白赢了。从实际来说,是又去找一场损失。

再陪着他下去,不管怎样也是他赚了,我赔了。一个前进的人怎么能老跟一个末路的人打交道呢?就让那些证据存放箱底吧,当作是一颗定海神针。什么时候想捋再捋吧。

对于剧组的其他人,有机会我还愿意跟他们合作,因为大家已经了解相互的个性。这些演尽人间悲欢的人们,他们应该是最懂得理解人的。与这些俊男靓女在一起,总让人饱尝激战商海的滋味,倒也蛮有味道的。

影视圈里的人们活得比较"酷"。某种程度上来说,他们总是被人家当商品打量和评估的。吃青春饭、脸蛋饭、名气饭、资格饭。成年累月地四处奔走,向各位导演和制片献上自己的最佳状态。每签下一份合同,他们都要忍受各种排挤和挑剔。

他们活在长期的不稳定的交易生涯中,钱虽拿得多,但是"过时"和"老去"的衰运早就在不远处等着他们。他们好像预见到了末路时的冷遇,所以会提早把冷脸冷心冷肠端出来给世人。

还有,这种职业,表演本身,也是对感情的巨大消耗。我自己写完一部激动人心的作品之后,对周围人际也会处于一种麻木和隔离中。所以有时候,你会奇怪,这些人挣钱不少啦,何必那么狠呢?

其实,人的心境好不好,决定其心态好不好,也就决定其对外界的善意多不多。

这样一想,就明白,为什么穷人,却往往对别人满腔热忱呢?其实这些看起来"穷"的人,在心理状态上比那些凶狠的人更自足,也更有善意一些。

扒金者如不反思,他们在人性上将是一个失败者。在人性上失去自信的人,是不会有安详的,而安详却是幸福的基石。

实际上,那些帮助人理解人宽容人的好人,总是让我感到他是那么富有那么幸福那么生活于美的世界中。他所铸造的人格是那么坚实和温情。

在片子完成很久之后,我才完成了这场总结,从那片淹没我的大潮中游出来。如果这些遭遇和伤害就因此而扭曲了我内心的公正,失去了我内心的那个大海,那么,无论片子是赚是亏,我都是一个失败者。

现如今要了解国情的人,最好的途径就是到民营企业去走一圈,最好是做一个具体项目,一定要是那种纯民间的没有靠山的企业。看看中国人现今的关系、想法和行为方式。

当《涛声》开始发行,我又投入了一部电视纪录片《知青行》

的拍摄中。

做纪录片对于我这个作家是更加适宜和得心应手的，合作的人群也缩小了许多。可控性增强，创造性提高。

但只要是影视，就是集体制作。

这意味着我必须重新相信人，相信人们可以共创事业，相信为此所付出的一切终究是值得的。

只有打不垮的人，才能从事影视这一行。只有胸襟宽广者，才能为了一种不含回报的过去和未来去开拓创造。

如果我能做到这样，我才会使自己转化为一个胜利者。

我的人生中又多了几个难忘的人。那些不必道出姓名的好人，让我常在心里念叨：朋友你好吗？我能以什么作为回报呢？

流"金"岁月，人欲横流，这里面，是否也流过了另一些耐人寻味和令人思念的东西，使得这个"金"字不用打上引号呢？

流"金"岁月，我的确积淀下一些比金钱更为沉重，更为长流的东西。

中华民族，是经历着与黄河长江千年的挑战而生存发展起来的。现在，眼前流过来一道金河、金浪潮，可以用来浇灌千年的贫困了，但我们决不可能被它淹没和摧毁。就像黄河长江水一样。

但愿流金之河，也将服从这个骄傲的民族的本色和个性，而不是相反。

12. 花容之狱

拍《涛声》时,戏里需要一个奢侈的别墅。

美工说,这个布置不起来,因为用的东西太多了。买不起,也借不来。还要配上外景。所以要找真正的别墅。

在海口有一处秘密园林,里面全是豪华别墅,但门卫严谨,一般人进不去。听说有位银行行长与那边熟,我就请北大师兄、一位官员从中疏通,找了银行的关系。于是人家让我们进去了。

摄制组一进去,本来介绍的那家别墅,嫌窄了些,角度不够用。摄像师看着旁边另外一栋,说:"能不能去看看?"

马上有一个小妹出来说:"那是我家,我带你去看。"

周围一大班小妹,一看都跟中学生一个样,年龄就在二十上下。穿着很素雅青春,短发,短裤,短衣。都是名牌。

她们天真地推来搡去,一个说:"她家的最大。"别一个说:"阳台没有你家的好。"

原来,她们都是"二奶",被港台商人包养了,就住到这个神秘的别墅群里来了。

每天剧组来到这个神秘园林,就是她们的欢乐时刻。

小"二奶"们穿着牛仔短裤,剪着短发,像一群中学生,一群邻家小妹。她们惊呼小叫,形状天真,让人见之犹怜。

拍摄中如果临时需要什么道具,马上就会有一个小妹喊:"我家有,我会拿来,你们等着。"于是最奢华最海派的物件就搬过来了。

拍摄中,关系渐渐融洽。大家有时候也忘记了她们的可耻身份,拿她当小姑娘看待。于是,她们愈加愉快活泼。

有一天,"二奶"们甚至给摄制组准备了饮品,家里熬的绿豆汤。这说明了她们源自平民的可爱与实在。

一个"二奶"对我说:"张总,我们最怕你们拍完,你们来,是我们最快乐的日子。"

这个地方平时是不容许人进来的,保安在门口盯得像鹰犬一样。她们平时要上街,都不能独自行动,有保安陪同。其实就是监视。遇到同学都不能招呼,尤其是男同学。

这帮"二奶"们打扮得很像琼瑶小说里的人物,纯情清新。我问她们,有没有读过和看过琼瑶的作品?她们争相告诉我,看过,什么《一帘幽梦》《在水一方》,她们都很熟悉。

不过,这些琼瑶小说,平时要藏起来,不可以让"老公"看到。

问起来,她们当中好几位有大学学历,有的说毕业了找工作,找到老板门下,过不了多久,就被老板找谈话,自己愿意,就到这里来了。

"二奶"们平时就在园里轮番地"做东"、打麻将。每个月花的钱由"老公"来的时候留下。至于给她们做人身交易的大笔钱,那是早就交割给她们家人了。

虽然寂寞,但她们又不愿意自己的"老公"回来,她们对我说:"又老又丑,比我的爸爸年纪还要大。我怎么会喜欢他?他自己知道,每次来都买很多东西。可是喜欢那些东西,还是不可能喜欢他这个人。"

我进去过几家,那些卧室都非常豪华。有一家的大床是圆形的,宽广极了。可是没有幸福,只有猎色者与猎物。

我说:"那你们为什么不离开?自己到外面去,找个工作,找个跟自己一样大的小伙子,多好!"

没想到她们说:"逃跑过,还是觉得这儿舒服,已经习惯了,出去苦不动。又自己回来了。"

"我们知道自己这生人已经完了,卖给人家了。我们是没有希望的。"

这样的话从这些豆蔻年华的女孩子嘴里说出来,真有心如枯井之感。

有的说:"只希望等到那老头子老了,来不了啦,才会放了我们。各人拿着一点钱,再去过自己的日子吧。不过那时候,哪个男人愿意要我们呢?"

怀着惆怅,没有告别的留言,我们拍摄后离开了那个美丽阴森的园林。

她们简直就是一群性奴。这个华丽园中的生活,比起书里描述的旧社会窑子、妓院更加地非人性。

除了这种畸形的买卖婚姻,她们还被剥夺了与社会交往的权利。

这个群体就在海南。限制人身自由,这本来是政府应该干预的违法事情。可是没有人过问。

这也就是这里秘密的原因之一吧。估计换在内地,不可能出现这种集中的囚禁式的方式。

这时候出现一种说法:"用一代人的贞操作为开放的代价。"

在海口,我也接触过一些性工作者,当地人称为"鸡"。是一些夜间在街头拉客的低级娼妓。

某年春节前夕,一家小饭店里,一群"鸡"们准备回家探亲。正好我去那里吃饭。

其实我们是相互常遇见的,只是那天饭桌不够。老板问我:"愿不愿意和她们凑一桌?"这有什么?她们并不比某些人坏。我过去坐了。她们很感激的神情。

她们对我诉说:"我们这些鸡也不是好当的。"

"看这衣服,我儿子的。"

她们正在整理要带回家乡去的过年东西。

大箱的时尚玩具,她喜悦的脸色,是一位好母亲。

比起那些被包养的小二奶,她们还有遥远的家,有贫穷的乡村在期盼她们回来,有孩子的欢呼在弥补她们的耻辱痛苦,有孩子在上学的成长能抵消她们的血泪。

"鸡"们人性未泯,她们是在为自己的家庭和孩子付出。而那些小"二奶",已经完全失去人生与人性的自主意识,是更可悲的一群。

海口的"鸡"里有一个有名的人物叫"安娜"。敢叫这个洋名字,自然是长得很洋气,也见过些世面的。

岛上不时地来一阵"扫黄"风,于是"鸡"们会提前得到招呼,或者回家,或者先做别的去。如果她们相识的那些警察没有来打招呼,"鸡"们会报复。

有一回势头太猛了,把安娜也"扫"进去了。过堂的时候,安娜风姿不减,她抬起美丽的头来,用傲慢的眼神将审她的那些人扫了一遍,然后说:"你们也配审老娘?给我滚下去!"

原来座中就有人与她同过床,于是都下去了。

换了几拨人,都没法审下去。一审她就说:"把你们的那个×队长叫来,他还欠着我的嫖资呢!"

后来警察暗地求她,把她放了,请她不要再为难他们。

安娜很给"鸡"们出了一口恶气,也教会了她们如何对付。

这时候有一句话流行起来:"笑贫不笑娼。"

有一次我到广州办事,见到老范的女儿,她很惊异地对我说起一件事。

小范已经大学毕业了。一次,她们中学同学集会。有一个女生,大家都知道她当了"二奶",被一个香港人包养起来。同学们估计这位"二奶"是不会来了。很难堪的。

不料,"二奶"堂皇而来,穿着十分醒目,都是国际名牌,是这班女生平时羡慕而买不起的。"二奶"毫无羞愧地向她们讲述香港"老公"对她如何宠爱,她平时过着多么舒适豪华的日子,并且家里人还得到"老公"的接济。

"二奶"反而可怜那些正在恋爱和成家的同龄者,她说:"瞧你们这样,每天打拼,多辛苦,老得快,何时是个头?即使真的出了头,那时你老了,你的老公还会爱你吗?还不是照样包一个年轻的。不如像我这样,现在就享受。"

有几位女生私下就议论,认为她说得有理。

小范正派纯情,对此非常反感,但也感到这个社会太不可思议了,现实如此,她也无力去说服那些在动摇中的女同学了。

后来,这位"二奶"还真帮着介绍,同学中又有人成为"二奶"的后继者。

小范问我,这样下去,社会如何了得?

青年丧失了廉耻之心,把现实享受作为追求,环境也丧失了谴责的力量。

在我母亲那一代人,女性求学的目的就是要自立,要冲破包办的婚姻,寻求自己的幸福与尊严。

而今却出现了非贫穷的卖淫,为虚荣享受的卖淫,还堂而皇之。

社会生活的腐败糜烂,人们一开始都是指责于海南的。不料,后来在大陆,在京城,女博士卖淫已经不是新闻。而"包养二奶"早已经从外来的商人到了官场。

沿袭着《丽人》拍摄的经验,《涛声》的群众演员也在岛上招聘。于是来了一大帮穿着艳丽的年轻女性。

副导演在打理这类事情,这些人也是归他管的。有的女性不是一个人来的,有陪伴,有男性。自然,男人们传烟递茶,请客吃饭。

这些事情,只要能在镜头上过得去,我也不想过问。

可是有一天,剧组的一位正式角色、专业演员郑重地来对我说,她不能和"鸡"在一起配戏。

她指出了,谁就是一只"鸡",并且自己供认不讳。

在拍摄现场讲流氓话,动作不堪。每天都有流氓样的男人来接。全组人都愤愤不已。

我马上把副导演叫来,他也承认,那女子"不是好人"。那很简单,走人。

当晚就把那个骚扰全组的女人赶走了。

然而第二天早上,一伙人闯进了我的办公室。

打头的黑衣黑裤,像个"老大",手里玩着一把匕首。他一直走到我的桌前,把匕首往高处一扔,翻转下来,就直插在我的桌上。

后来,桌面上一直有一个刀痕。

我说:"大哥,什么事,请坐。"

他说:"什么事,你不知道?装什么?"

我说:"是不是为菲菲的事情?"

他说:"你看怎么办?"

我说:"老大,你体谅我一下,不是我不容,她和那些演员处不好。你知道,我是要靠演员的。都是从大陆用钱请来的。人家不演戏,我就黄了。"

他说:"不演,让我们菲菲给你演。"

我说:"你这是说笑话。这样吧,咱们各行各的路。菲菲的工资,我照样开,好不好?到戏完了,大家结算,她也有一份。平时就不用来了,都闹成这个样子,来了她也不痛快。何必呢?"

老大一听,就坐在皮沙发上了,偏着头看看我,说:"大姐,你还挺仗义?"

我说:"我也不是什么真正的老板,拍片的钱都是人家公司的,干不好,我还要赔。咱们谁也别为难谁,都是在岛上讨生活。这样,我屋子里,你们看中什么,尽管拿。这个电视机要不要?是正牌水货。我打电话告诉保安,让你们搬走。"

电视机是办公室里最醒目的一件货了。

他手下的人就走到电视机那儿去,看起来了。

老大觉得有点丢人。他一摆手,那些人又回来坐下了。

下面他说了一番话,还真让我对他刮目相看了。

他说:"大姐,知道你是个名人,也知道你上岛有些日子了,那些阿狗阿猫都吃香穿光,大姐你还是这么朴素,大家都说你是做事情的人。兄弟我也不和你这样的好人过不去。电视机你就自己留着看吧。以后,有什么用得着的,说一声。"

我一听,干脆说:"那我也不客气了,这样,我下面三部车子,请帮忙照看一下。哪天早上轮胎要是放气了,我一天的功夫和钱可就都泡汤了。如果平安无事,戏完了,我请诸位的客,随便你们挑一家酒楼。"

老大说:"放心吧,我这么多兄弟,一天过来给你看一遍,谁也不敢乱动。"

就这样,因祸得福,我租来的几部车子就停在路上,也没有院子,几个月都没一点事。他们真的有人会过来转转。一物降一物啊。

原来,"俭"能护身。炫富招灾。

一个脱离社会轨道的阶层正在形成,他们自己寻求庇护,时常挑战社会。

有时,感觉官场的关系比这还难打理,人还没有这么讲义气。

官场是"套中套",走不完的螺蛳壳。

我早就申报了"拍摄许可证",而且上面领导也点头了,可是下面的人不发给我。无奈之下,我只得请这位科员的老婆吃饭。

她居然来了,并且说着:"那证快办好了吧?没问题。"她也来管理我们了。

我是"人在矮檐下,不得不低头"。她老公一直扣着我的许可证,那我的开拍就成了非法的。剧组这时候已经聚集海口,没有延迟的余地了。

那天请客,由一位熟人陪同,安排在省委的内部饭馆,设施好,级别高。正在吃着,服务员送了一瓶好酒过来,说是那边"首长"让送的。

我忙过去那包厢,一看,是省里的一位领导,平时相熟的。

到结账的时候,服务员说,我这一桌已经让首长的秘书给结了。这时,那位科员的老婆有点目瞪口呆。

当天夜里,那科员就打来电话,说:"张总,我不是不发你的许可证,是有些手续过程。明天你就可以过来拿了。你怎么告到×省长那儿去了?"

我说:"我没有告,人家正好知道我在那儿吃饭。"

翌晨,我叫助理去那衙门,许可证办好了,很快取了回来。

事情并没有完结,戏拍完,剧组人散,我刚松弛下来,一位小姐来找我,就是那天陪我去省政府餐厅请客的那位。

她对我说,其实那天省领导所以送来好酒,并最终给我买单,是看在她的面子上。

我说,以后我会谢她的,现在太累了,容我歇歇。

第二天,我给公司放了假,助理们都很辛苦。一个人坐着回味,忽然来了一个电话:"戏拍完了?许可证可是我给你批的。看看上面的签字吧。知道你剧组人都来了,等着这证。怎么样?"

我说:"你要什么吧?"

他说:"你知道的。"

气得我半天说不出话来。最后我说:"我这里只有香烟,烟草公司送来的,明天我叫人给你送一箱过去。"

我想为海南做点事,却仿佛是我得手了多少好处,每一层的官员都来分羹。

这样明码实价地索取,与"黑道"有什么区别呢?只是黑道有暴力,而官员们有权力。

13. 海甸岛风景

海甸岛当时景色荒芜,苍茫接天地,有一种大气的美。

岛上有一座海南改革发展研究院。它与海口市区有一种游离而密切的关系。

我应邀到那里的时候,它拥有巨大的宾馆,在主楼的左右两侧,各一幢,规格不同。

我对院长迟福林笑云:"这是要召纳天下贤士吧?"

那里住的人来去频繁,"来看看"的人居多。如此格局,大有战国"四君子"的门下风气,也有些神秘莫测的味道。

在中国政坛风云变幻的年头,居然有这么一块地方,是有魄力者所为。

迟是北大校友,他说,听过我的"竞选演说"。

我向迟说起一些熟悉的北大人处境不顺的情形,他慨然说:"你叫他到我这儿来呀!"

在这里我遇到了一位旧相识,玉霞。我念书的时候,她是北大团委的。记得来自大庆,是一位"铁姑娘"。人非常朴实勤恳。我回学校常住勺园,她曾是那儿主管。现在替迟管理着研究院的杂务。很忙。

看得出,玉霞是满腔热情地扑到这上面来的。她就是那种人,任何时代都需要的热诚的劳动者奉献者。

研究院的格局有点像机关,"头"时常往大陆飞,感觉这个机构的主心骨是在大陆。但研究的课题可能还在运筹之中。

也许,海南整个乱哄哄的格局将向何处去、海南与大陆的未来关系走向等策略研讨,甚至整个南中国的某些枢纽机制,都在这个不同于一般学术院校的躯壳中运行着。

这里有一个网球场。我住在这里的时候一直想去玩玩,可到走的时候也没有玩成。

最熟悉和有人气的地方是食堂。因为平素人们都分散不知所在。

在食堂里我认识了一些人,他们从大陆来,多数是院校的。

研究院的人们在黄昏时分喜欢到一个海甸子里去逛。那里可以划船,有些荒岛气息。我时常走得太远,于是迟关照大家,把我喊回来。

那位去喊我回来的先生,是南京大学哲学系的,我们是同级的同龄人。他告诉我,不想再待下去,准备跳出去,到公司里干。

研究院在海南商界看来是一个有着信息和人脉优势的"上层"。那些名校学历的人,奔着"含金量"而来。这时不少大公司进驻海口,就把他们召走了。自然,酬金高出很多倍。

迟院长把人一个个从大陆引进过来,结果他们的心却留不住。一个个都把这儿当成了"跳板"。然而迟的心态依然平和,他说,如果为海南的发展输送了人才,也很好。所以他是"走者欢送"。有时还会引荐。

我想,他是看得比较远的。一个机构的活力,内在与外向都要营造。

有一天,玉霞也走了,一家银行请她去做一个项目主管。

后来在海口我们常见面。她做得非常辛苦,有时夜间还要亲自上工地去监督,怕有人偷盗。而且她必须亲自上门讨债。她那个东北司机看不下去,耍横,才帮她讨要回来一笔钱。

玉霞把她的那件法兰西带回的红风衣赠送给我。这件红风衣我一直保存,最后带回大陆。看见它就惦念起玉霞。

在这貌似荒凉的海甸岛上,其实诱惑更多。这研究院是一个制高点,直接与海口那些大公司对接,人们流动得飞快。一经选择,就跳入激流。似乎不愿意再等待。

研究院办有一个刊物,信息量非常广博,所以在大陆销量不错。我去玩过几次,感觉编辑部的人们对我似乎有所防范。后来才听说,迟曾经有意请我来掌管这个刊物。

然而我所学既非政治也非经济,文学在这儿说不上话,还不如"新闻专业"。所以我一直在纳闷地观察着。我也一直没有放下"制片"这个心愿。

海甸岛上生活单调,没有第二个机构和人群。每天在食堂,人们看来看去就是这么几个人。我来了,因为和摄制组在一起养成的习惯,每天都换一套衣服,我就成了明星人物。

据说,人们早餐的第一个话题就是:看她今天穿啥?

其实我那些衣服多半是自己买布料做的。有一阵岛上布料便宜极了,我曾经想开个时装小店,自己做设计,就留下了很多布,只有自己做来穿,送朋友穿。

可能是习惯了,一旦无事可干,我总是会在穿衣服上出花招。

一天,一个"老外"过来,夸我"漂亮"。

原来这里还有另一个闲逛的人,他是一位苏联时期的专家。我们一交谈,我就操起了俄语。他惊喜万分。

我的俄语派上用场,我也非常快活、逞能。那些讲天气、讲吃饭、讲姑娘,以及自我介绍等等,对于我易如反掌。我非常喜爱俄语的节奏和音乐性。上大学时,就有人说过,我如果讲俄语,风度更美。

讲俄语讲得好就好像唱歌,人能不美吗?

听迟院长说,这位专家参加过长江大桥的设计,对中国有感情。苏联这么乱,请他过来休养。

关于苏联的解体,对于我仿佛是一场噩梦一样。

毕竟,我们这一代人是从文学和音乐来了解苏联的。其实,那是俄罗斯文化的魅力。

记得有一天,我去参加一个公司的盛大庆典,忽然在酒店里看见许多金发的俄罗斯女郎。我立刻和她们讲起了俄语,这是我自幼就学习的语言。我喜爱俄罗斯的音乐和诗。

"亲爱的,你真美丽,请问你们是来自俄罗斯的什么地方?你们的名字怎么称呼?"

这些问候和交际的语言,我是脱口而出,发音标准。

她们顿时惊呼,一下子把我包围了,啊,娜塔莎、喀秋莎、塔吉雅娜,一下子我从书中歌中诗里读到的那些可爱的名字,全都化成了活生生的姑娘们,笑容可掬,热情洋溢。

这是托尔斯泰《战争与和平》、普希金《欧根·奥涅金》里可爱的俄罗斯少女的名字啊。

她们是大学生,我一提起,她们连连点头,重复着那些光辉照耀世界的作家的名字。

我唱起"喀秋莎站在峻峭的岸上,歌声好像明媚的春光",她们也一起唱了起来。

她们是有文化的一群。这时候,她们美丽的灰眼睛、蓝眼睛里闪着亮晶晶的小星星,一下子生动起来,不再是刚进酒店的那种茫然模样。

可忽然,那边有人用严厉的声音在招呼她们了。一下子,小星星全熄灭了,她们神情黯然,一下子离我而去,甚至来不及作别。最后一个用留恋的眼神看了我一下。

当歌厅的灯光暗淡,音乐响起,我看见,这些活泼美丽的女大学生们,一个个坐在了那些老板们的腿上,倚在那些丑陋的肥胖的老头子身上。

这是这家酒店新招募的俄罗斯三陪女郎。所以那家大公司选择这家酒店来做庆典,这是新当红的海口最时尚的玩意儿。

我离开了,我不知道恨谁。

有个朋友看出我的心理,他说,这是救她们一命,她们不来中国,不干这个,在祖国只有饿死。苏联崩溃了,人民正在挨饿。

我不忍说这是堕落,我只能说自己没法看没法去想这样的罪孽。

次年冬天我到北京,朋友请我去一家波兰餐厅,记得是在地下,很暖和,而所以来到这里的原因是,这里有新近从俄罗斯过来的苏联功勋演员的表演。

朋友知道我酷爱俄罗斯音乐。

我们喝着酒,小舞台上是几个高大庄重的上了年纪的苏联演员。两男一女,一位手风琴手,两位演唱。他们唱的无疑是原汁原味,充满俄罗斯森林与草原的尊严感。他们的胸前都佩戴着金灿灿的奖章,在诉说往日的光荣与骄傲。

当他们走到我们的桌前,朋友将放在桌上准备好的钱交给他们。他们庄重地说谢谢,然后问我们,要听什么歌。

这时,我的心几乎凝固了。我感到我承受不起这个分量——他们曾经经历的沧桑。

我日夜梦想到俄罗斯去听到真正的俄罗斯演唱。可是从来没有想到会是这样!

朋友替我点了《三套车》《灯光》。

整个晚上我一直沉重、茫然,一点没有寻欢作乐的情绪。就像我灵魂中的另一个祖国坍塌了一样。

而在海甸岛遇到这位专家时,我没有跟他谈起我的这些感受与遭遇。三陪小姐娜塔莎、波兰餐厅的功勋演员,这些不能谈,我只谈我喜爱的诗歌和文学。

"为尊者讳",这是我们中国人的德行。

他比我更加明白,他的祖国此刻正在一种什么样的凄惨中。

他用俄语跟我说:"你这样性格的姑娘,到我们那儿去,会有很多人追求的。"

我这样回答他:"我已经嫁给大海了,海南的大海。"

他说:"啊,太寒冷了!"

不久,他来跟我道别,他要回去了,他说想念他的祖国。

他的灰蓝眼睛里闪烁着与那些姑娘眼里一样的小星星。

他们心目中的俄罗斯。

我说:"祝你的祖国明天会好。我相信伟大的俄罗斯人民。"

他拥抱了我,说:"祝你有一个温暖的丈夫。"

一天,我到海口机场去送一位朋友。在贵宾厅遇见海南的孟副省长,一个高大的东北人。

他热情地邀我一起坐坐,询问了我的情况,现在住在哪儿。

那天我穿了一条黑白格的棉布连衣裙,赤脚凉鞋。孟省长说:"想不到一位作家这么朴素。"

果然,不几天,他就到研究院来看我了。

到海甸岛来,没有顺路的,都是专程来。这里离海口有相当距离。

迟院长让我挽留孟吃饭,结果他坚辞,说:"以后吧,等你回到海口。"走了。

这使我隐约感觉到,海南的官府与这儿似乎有着一种隔障。

孟是石禄铁矿当矿长出身的,我记得当年胡耀邦视察过那里,还与他做过交谈,从那以后他就被提拔了。

孟与我萍水相逢,却愿意讲些真话。后来的见面中,他告诉我,他是干实业抓生产出来的,很不适应官场,感觉自己很孤独。

闲谈中,他称我是他所见过的海口女性中"最有书卷气"的。孟当时主管着"房地产"这一块,他问我有什么要求。我说,希望还是能为海南拍片,有了项目之后再谈投资吧。至于个人,就没有什么了。

孟跟我说过,他引进了"马自达"汽车生产线,一直被省里很多人攻击。他认为这是对海南生产实力的一个提升。虽然是别人淘汰的,但我们还可以用,也买不起更新的设备。

正好这时候,韩天石来海南视察,他是代表中纪委的。韩与我是邻居,他从小看我长大。他的孩子与我是同学,他的爱人是我母亲的上级,后来我进了北大,他又到北大任党委书记。所以我们关系非常亲密,有真实的感情。

韩一来海南,就说要找我。

我们见面时,他向我问了几个同学的下落,听了表示非常惋惜。

他告诉我,第二天有几个安排,由他选择。

我一听,里面有"马自达"生产线。我就告诉他这里面的争议。我认为他应该去看个究竟。第二天韩就去了,回来他告诉我说,很好,他认为应该引进。

这也算是给孟帮了个忙。我身在海南,觉得还是应该为海南的发展着想。孟那里,从头到尾,我没有用他半点权力。

数年后,孟在湖北出事。我听到很惊讶。

我说,他很好的呀。

人家说,他是在你面前知道应该怎么做。他的另外一面你不知道。

不知道也好。但我以为当时他对我是真诚的。想起刘宾雁的《人妖之间》,也许他曾经在善与恶之间游离过,也许,他也有可以不做"妖"的选择。

这些际遇,都是只有在海甸岛上才可能发生的。要知道如果在海口,我每天遇到的就是老板和打工的。

海甸岛,那是一个让我可以遐想的空间,那里流动的知识人群使我联想久违的大陆,那里散发出的信息,令我将过去、现在和未来做一个串通。

最终,我认为自己的资质也不适合于留在这里,我很散漫,再说又没有专业可以和他们相通。虽然我相信,这里将是一个俯瞰海南的最高平台,而迟院长的雄心与能力也将构建出一幅超乎一般人想象的宏图。

我回到海口,继续追寻我的梦,拍片子,做制片人。

一位学考古的校友说得好:

"历史就是一段时间,过去了的时间。每个人在不同的地方、不同的角度有不同的经历,不要企图统一历史。"

14."楼外楼"

"山外青山楼外楼,西湖歌舞几时休?"

这里我想说的,不是西湖边上那一家著名的酒楼,也与"宋嫂鱼羹""西湖醋鱼"这些美味无关。

我要说的,是一种社会景观。

在这个小岛上,这个地盘上,人们专心地搞着"市场经济",可是外面一大圈包围你的,包围这个小岛的,却还是那种旧体制的权力模式。

各种大员们时常临空而降,一落地,这里就是他们的后花园。想摘哪朵花,就摘哪朵。至于是谁栽的,人家愿意不愿意,根本就不屑一问。

这就是"二元分离"。山外有山,楼外有楼。

在我创业的过程中,时而有人从大陆驾着"首长意志"前来,剥夺我的成果,损害我的利益。

《涛声》的主创班子选定之后,我电话报告荒煤。他在北京,就把我聘的那个班子找了去,还找了北影厂的老厂长汪洋。荒煤叮嘱他们,上岛后要支持和帮助我。

可是效果恰恰相反。当导演想闹事挟制我的时候,就不停

探望韦君宜

探望秦兆阳

去北京向陈荒煤汇报

探望季羡林

与黄宗英合影

与北大师兄老赵、老谢在海边

地给荒煤打电话,让千里之外不明真相的老爷子来斥责我压制我。

有时候为了尊重荒煤,我只得让步。这个"套"就是我自己下的。

也许,我这个民办公司的小老板,与荒煤那么大的部长官员挂上钩,就是自找苦吃,自己找回了体制内的那一套。

现在思索,是荒煤与我都太不明白这个时代的断裂了。

我既然下了海,就应该勇敢地独行。荒煤那些老本钱,无论是想法和判断,还有操作,都与海南这块地方不合时宜啊。

我们在行事上应该断开了。这点"忘年交",却是拖着我们受罪啊。

荒煤到最后心脏不好了,躺在医院里,由他的孙女儿代笔给我写了最后一封信。信中讲了他的身体情况,说已经不可能再听取我的情况了,让我以后好自为之。

他到临了,还是放心不下我。他对我当面说过一句话:"你这样得罪人,将来可怎么办啊?"

这是真的。

其实还有很多事情,我没有都向荒煤讲。

当初我要是不认识那些"上面的人"就好了。就不会被他们妒忌,被他们打击与追逼。

在北京探望荒煤时,他对我说:"现在电影的势力和影响都小了,电视那边的力量大。"依照他的嘱咐,我到一个地方去与一伙年老而权威的电视界专家见面。

那个会场很大,人却只坐了里面的一圈,而且都非常的老,非常有名气,一个个威严无比,令我这个远道而来的小辈感到了森严壁垒。

我突然想起了狄更斯的名著《远大前程》改编的电影《孤星血泪》中那个经典场面。阴冷的大厅里,结满蛛网的过时的变味的盛大婚宴。

我坐下来,会议开始,原来,他们是来审判我写的专题片剧本《海南春秋》的。

一位常在央视以优美男声朗诵外国诗歌、体态高硕的著名播音员用他傲慢的嗓音说:"我一看,居然敢写《海南春秋》?春秋是什么人都可以写的吗?这是国家级的题目。"

这时,他那完美的嗓音里没有了普希金的诗意,充满了权威的杀气。

我还期待着这帮权威前辈给我的《海南春秋》提点意见,不料来到了这么一个法庭式的场所。整个发言中,我感受着一种气氛:似乎他们想当场就把我抓起来。

至今我不明白,他们为什么要如此愤怒?

《海南春秋》,也叫《海南潮》,是我根据自己上岛后经历的改革大潮所写出的纪录片稿本。里面的人物都是真实的,从创业的大老板到发廊的阿妹,是我在海南采访整理的人物荟萃。

如果有条件拍摄,我也准备用真正的原型。

这班"审"我的人,他们只是一个"协会",也是民办机构,凭什么对我行使生杀大权?

很快我就明白了,原来是他们看上了这个项目。

一大串曾经闪耀在我年轻脑际里的光辉名字,堕入泥土,变得不堪。

他们甚至来不及聆听我对他们诉说曾经的倾慕,就一个个向我露出狰狞、龌龊。

似乎我已经威胁到了他们那崇高的地位。

因为我做了他们做不了的事,所以他们恨我,并企图掠夺。

不久,他们派的人到了岛上。一位盛名天下的女士突然来到我的公司。我令助理小洋开着门,我在门口等着她走上来。我不愿意下楼去迎接。

小洋专门出去买了些水果,做成果盘招待她。

小洋看过她从前演的电影,还怀着那种对明星的神秘感情。

这位名角爬上楼来了,她根本不与招待她的小洋说话,只是上下打量着我的公司,然后也不动那些水果,就直截了当地要我交出《海南潮》的剧本。

她说她奉了那个什么家协会的名义,要来"重新写这个题目"。

小洋非常意外和气愤,当场就说:"谁写就是谁的,我们何必要交出什么来给你?这里是海南,不受你那个协会的管。"

第二天,北大校友会的师兄老谢打来电话,告诉我,这位女士跑到他那里去了。

老谢是海南人事厅长,她居然要谢提供一份"出钱人"的名单。

谢厅长义正词严地对那位名满天下的演员兼作家说:"这《海南潮》明明是我们的校友在搞,怎么你们又来拉赞助?这样欺负人,我是不能支持的。"

小洋说:"威风什么,谁不知道她贪占了别人子女的遗产?不行,我们也上香港去登报纸。"

我当时也想到了这个。也许在这个岛上,甚至在内陆都与她讲不明白道理了。

他们的机构在海口设了一个办事处。

由于荒煤的缘故,我还是邀请办事处的人参加了我的开机仪式。

可是同样的事情又发生了。

第二天,他们就直接向我的投资方下手,向人家企业的老总说,资金的另外一半要给他们。企业说与我的公司已经签订了合同,如果另一半不到位,片子如何完成?这是我们同担风险的项目。

老板叫我去谈这件事的时候,也说非常地意外。她还问我,怎么会请这样的客人来参加我的首发式?

原来,只要他们嗅到钱的气味,就伸出爪子。

连夜我给北京打电话,请荒煤赶快写信来,表明他的态度。因为那帮人说,荒煤已经不支持我了,要他们来接替。

幸好荒煤迅速地写了一封信来,表明了他对我一贯支持的态度,希望我把《海南潮》拍摄好。

投资方拿到了这封信,算是舒了一口气。

后来也发生过从北京来的人企图收编我的公司的事情,不过那都还有得商量,我是法人,还得我点头。

像这种拦路抢劫的事情,在海南也罕见。

他们自以为有"尚方宝剑",而无视任何市场法则。

后来我回到云南,还是干制片。我几乎忘记了这伙人。只是时常地行走于北京,更多地听到,原来在影视界,"霸权"山头不止一个。在那高处的人,只要觉得你不驯服,随便一个借口就能收拾你。

海南岛越到后来,越使人感到一种"孤岛"的悲伤。一个是我们囿于岛上的生活圈子奋斗很久了,一到内陆更感到格格不入,巨大的传统模式吞没了我们弱小的自由。

从事文化工作的我,巨大的资源必须来自内地,小岛上的人力和底蕴难以为继。

我曾经带着助理小洋回过北大。我想让她感受校园的力量,并为她寻访可以进修的机会。

我从海南去北京,每次总去看望人民文学出版社的老社长韦君宜。

我去看望了秦兆阳,他赠我一幅字"宁静以致远"。我告诉他,我正在商海中挣扎,最缺乏的就是宁静。

我也到北大去,见一见中文系的老师们,见一见季羡林、郝斌。大家都知道我并没有"弃文从商",而是试图二者兼济地走着一条艰难的路。

有一群人始终给予我温暖和支持,那就是海南的"北大圈"。

海南北大校友会里,有一群有担当的老大哥,还有几个兄弟。

每逢我的公司有大事,无论是庆典还是遭劫,会长老赵都会帮我,并时常派师弟来看望我。这是我在商海中最重要的感情与现实的依托。

只有北大师兄们,是不惧怕那些过海来逞威风的权贵们的。他们如南天一柱,正气凛然。有了他们的庇护,我不再是一个人站在台风暴雨中。

记得一位新来的女校友昭过生日,请我们到她的豪宅里去。

她亮出在国外留学时的本事,将牛肉、禽蛋、豆腐先用水兑过,然后煮一大锅卤汁,把这些东西一一放进去,香气充满房间。

煮好后,一一拿出来切,分装大盘。

有生日蛋糕,一大盘果蔬沙拉,自制鸡尾酒。大家每人拿上盘子,就"自助"开宴了。

这样的派对,新颖别致。

那个生日蛋糕上铺满了"红心",是切成两半的草莓。

我吃了自己的一块,还嚷"不够"。

一个人坐在高高的楼梯口,于是男士们都来献他们的红心了,"我们的心都给你吃了吧!"

海口市的市长伉铁保也是北大校友,他请我跳舞,大家一阵起哄。

这些温馨的时刻,永远存放在我心中了。

在这调笑后面,是真诚的关怀和援手。

"山外青山楼外楼",复杂错综的当代中国景观。

15. 天涯文人

在开放的大潮中,海南作协格外红火。

从湖南来了一群实力雄厚的作家。

韩少功、叶蔚林、蒋子丹他们都举家来岛。湖南人的魄力真的不凡。按说长沙也是个重镇,这几位又都是在国内名气很大的作家。肯来这荒凉偏僻的南海之岛,令我刮目相看。

在这里文人相见,忽然地有了一份亲切感,有许多共识。

我去拜访过少功的家。

那是黄昏时分,刚去的时候,他不在,去他姐姐那里了。他姐姐也调来海口的一所学校。我知道,他们姐弟俩一起翻译了昆德拉的《生命中不能承受之轻》。

少功的创作一度非常先锋派,我以为,这与他的外文素养是有关系的。他学外面的东西就非常直接,非常快。

后来少功回来了,我们坐在那个木头沙发上聊了一会儿。他说家具都是从湖南搬来的。他家里很朴素。

记得他讲起长沙的热,超过海南,是闷热。夏天热得他的女儿都没法睡觉,半夜里哭。现在反而好了。海口有海风,晚上凉爽。

当年他一上岛,就办了一份《海南纪实》,刊物很火,完全突破了当时地方刊物的局限。不愧是特区大刊。他向我约稿,让我写我在北大的竞选。他是很有眼光的。

后来刊物被停了,我的稿子写了一半。

他们来岛的第一个举动,是环岛办讲座、讲文学,深入到海南各县。我受到邀请。说好了"不给报酬"。

这么一走动,大家认识了这个岛,也让岛上知道,来了些什么样的作家。活动一周,既接地气,又相互联谊。

结束的那个晚上,在一个黑暗的餐厅里,我和叶蔚林跳起了交谊舞。我当众问叶:"我来你们作协怎么样?"

叶说:"那不成,你一个人,一年花费起码六万,我们已经养不起那么多人了!"

我一笑。其实我来岛就是想"下海"。

过了几年,北京下来一个作家代表团,里面有我认识的很多人,《当代》熟悉的编辑他们都来了,还有哈萨克族作家艾克拜尔。

老叶通知我去陪客人。我按他说的地方找去,一个小巷子里,不起眼的小歌厅。

一看,那伙大人物们都一个个挤坐在一排靠墙的小沙发上,委屈得不行。我对老叶讲:"这怎么行啊?你不让人家看看海南的繁华风光,到这破地方,这是那些打工仔打工妹坐在这里谈恋爱的地方嘛。不成体统!"

我一个电话打给助理小洋,要她安排海南当时最好的一家歌舞厅。

不一会儿,小洋乘车来接我们了。

小洋喜欢接近作家。有一次张承志来,我忙碌没空,还派小洋作我的代表,陪同他们在岛上游玩。

小洋说,她已经安排好了。同时叫来了几辆的士。

大家上车,一会儿就到了那个金碧辉煌的场所。刚一进门,台上珠光宝气的女主持立刻热情地念出了一长串欢迎词,大意是荣幸地迎接从北京来的一流作家们。

马上她又走下来,到我们的桌前。

这时大家已经被安顿在几个讲究的雅座里了。她需要报一些名人的名字、头衔,下来核对一下。又上去了,又是一通渲染。

于是,大家总算是心情舒畅了。

记得柳溪曾经对我说过:到海南,就不知道自己是谁了。

我知道她的感觉,在这里不问人的来龙去脉,就只看皮相。

如果没有沟通的路径,会令那些在京城显赫的人们十分失落。

那天晚上我与谢望新共舞了一场,他跳得很绅士。这个水平,海南没有。

晚会还没有结束,老叶就来对我说:"请你当我们作协的副秘书长吧。"

我说:"你是想要我替你搞接待吧?"

我趁机出了口气:"老叶,你看走了眼,当年你说养我一年要六万块。现在我公司的项目转动,一年六十万。要说人气,现在也比你旺啦。"

我告诉他,你来人,我可以帮忙。我的那个助理小洋就能搞据。今晚我也没有花钱,就是要个场面。人家也情愿。

后来韩少功执政海南作协,开会活动经常来叫我,我还当了海南作协理事。

有一件事至今令我难忘。

有一天早上,公司刚打开门,助理小姐正在收拾。我还在喝茶。忽然一伙人扛着家伙走上我们的楼梯。

公司在一个小楼里,有专用楼梯。

助理拦住他们,问个究竟。

他们说是海南作协让他们来的。

我于是电话打过去,正好蒋子丹接了。她讲,中央电视台《东方时空》专程来岛,采访我们,我们有什么呀,还不是在体制内、在作协,真正下海的文化人是你呀,所以和少功一说,我们就向《东方时空》推荐了你。

这些人就在我公司的客厅里摆布起来,跟我要了几张照片,采访了一阵。

海南的作家们,似乎与大陆不太一样,没有那么多的排挤人的意识。还能把出风头的事情让给我这个不在体制内的人,他们认为我更需要"出镜"吧。这种事情,在大陆难碰上。

后来,蒋子龙来岛,记得我们在车上大谈电脑。那时候文人刚开始用它。我用的是"水货",质量非常地道。少功用的是正路货,反而时常要修。他就说,还是我们这些"下海"的人精。

在车上,少功对蒋子龙说:"张曼菱上了《东方之子》。"

蒋回头看看我,眼神愣了。

我说:"还不是少功他们乱抬举的。"

我知道如果在天津,轮不到我上。

作为领导,蒋子龙对我有一个重要指点,就是当我离开海南回到云南时,他在电话里对我讲:"你选择其他单位吧,千万不要在作协了。"

我说:"我肯定不去作协。我也适应不了啦。"

大学毕业到天津作协,可以说一直都适应不了,别人也看我"各色"。"下海"以后,我更认定,自己愿意做事,不愿意成天开会。

回到云南后,我干上影视这行。拿出产品来算数。

写作并不需要什么机构,作协在我眼中就是一个是非场所。

海南作协的这些朋友们,时常地招呼着我,使我感受到了一种气氛,我在这里还是一个作家。然而时间长了,也使我不自在。因为我实在很久没有动笔了。

每次开会,少功介绍我,都要提电影《青春祭》。可来岛上的作家们都是眼下当红的,方方、池莉、子丹。她们新作不断。

这让我有点尴尬。

一九九三年,天津作协通知我到北京人民大会堂领取庄重文文学奖。正是冬天。记得那次一起获奖的有史铁生等。张锲还在会上讲了他们如何帮助史铁生家安装浴室。

颁奖的时候,头一名是铁凝,最后一名是我。

那天晚间新闻有这一条。季羡林在北大家里一直盯着电视看,直到看见我最后一个出来。

那次领取的奖金是五千元。回来助理小洋说,去一趟,路费开销也就是这么些钱。

但账不是这么算。我去那一趟,是与柳溪同屋的。她是评委,告诉我,这是"不记名投票",我得的是"满票"。

我心里一直记着这个"满票",我不能辜负这些对我有期待的人们。停下的笔,今后一定要补上。

记得铁凝还说,时常读到我在《女友》写的专栏。

一位原是军队医生刚出道写作的女作家则问我说:"你给《女友》写那么漂亮的稿子,他们给你多少稿费?"其实我心里很不是滋味。我以为那些东西都不能算是真正的作品。

我回云南后,少功去昆明,我们在翠湖茶叙。他说,什么时候你来海南,作协的招待所都可以住。

他还说,他在湖南有一个农庄,我也可以去休闲。

16. 情敌相见

小乔,是我一个同学的表妹,我受委托要照顾她。

其实她在海口干得不错,"跳槽"几次,都是她"炒"人家。

有个周末,一早,她就到我的住处来。自己烧了咖啡,我们喝上。

她说,要在我这儿"定定神",下午在对面茶室有个重要的见面。

我说:"你又要跳槽去哪里?"

她一笑,"比那重要。"

"相亲?"

"不是。也算是。去和我的情敌相见。"

小乔说过她那副总对她不错。估计是两个人擦出了火苗。

我说:"人家太太要找你啦?"

她说:"不,是我找她。"

"你够有胆的。"

小乔说:"他们要离婚,已经上法庭了。说原因就是我。凭什么是我啊?这样离了婚,我是不是就得负责啊?这些我都得弄清楚。"

我说:"那副总没跟你说清楚?"

小乔说:"他说的,只能算一半,另外一半,我要听那女的讲。"

原来,在小乔和那位太太中间,还有一个女友。这女友劝她们都别闹,别"为一个平庸的男人伤害自己"。于是,小乔就提出希望双方面谈。对方爽快地答应了。地点就在我公司这条街上。

小乔央求我,事先到那家茶室去,装着没事的样子在那儿喝茶。

那里我有个喜欢的位子,带份报纸翻翻,吃茶点顶晚饭,也是常事。

一个未婚的女性,虽然在商务上当"策划"很老练,但遇到这种事情,也未免有些虚吧。最主要的是小乔还没有拿定主意,要不要接这个烫手的山芋。

我只知道,那位副总为人倜傥,很懂艺术,时常带小乔到海滩上去玩,总能让她开心。

我们到楼下吃了点炒粉,回来休息。

一觉醒过来,我还比她警醒,看时间,正是三点。

急忙到客厅把躺在沙发上的小乔叫起来。

按照约好的,我自己先下去。

跑出院子,穿过小巷,到了大街上,就看到一辆白色的"马自达"正开过来,停在茶室门口。

一个女子下来,艳红的短袖上衣很合身,两条胳膊耀眼地白,白晃晃。

我估计就是小乔的那位"情敌"。

瞟一眼,进茶室去,坐在自己常坐的靠窗的位置,拿着一本时尚杂志来作幌子。

一会儿,见那耀眼的红白身影正好坐在我侧面的一角里。

这时候小乔也进来了,径直走向她。

小姐正在请那位太太点饮品,听见小乔说:"我要红粉佳人。"

"红粉佳人一个吧。"人家一起点了。

小姐走开了,就剩她俩,互相打量。

小乔惊艳道:"这哪像是离婚的人,简直就像新娘子嘛!"

太太颇得意道:"原来,我以为离了他,我就活不成了,现在,离了他,我活得更好。"

稍停一会儿,估计是她转而打量小乔吧,听见说:"我知道他为什么恋上你了。"

小乔说:"为什么?"

她说:"你洒脱。"

我暗自点点头。这倒是。

看看小乔,一条暗黄色细格子的布裙,是那种海南最合适穿的太阳裙,细带子吊在肩上,下摆有些皱了;睡眼蒙眬,还趿着拖鞋。有"人到下午"的味道。

小乔脸上总有些看书做电脑熬夜的倦容,不似那太太的光鲜气色。直发齐腰,又总是若有所思的样子。没有那么机敏的反应。但这反而是她的好处,觉得真实、放松,很清爽。

但说起话来,小乔却时常是"出奇兵"的。这也是她去招聘总被看好的缘故。

小乔说:"你太想拴住他了,连早上的牙膏都给他挤好,反而让他想逃跑。"

太太说:"你说的太对了!我用了这么多的心思来和他过日子,他反而厌烦。"

小乔又说:"你以后要吸取教训。"

太太同意地点点头:"不会再这样对待下一个了。"

小乔事先告诉了我,那位太太挺厉害,此时已经有一个男友。离婚,是她先提出的。

在海南,第三者的出现,就证明自己的不行。用现实来决定婚姻的离散,"不见不散",是很直观的。人们不必要像武媚娘那样,先躲进寺院去绕一下。

然后听到那太太发起攻势了,她说:"当我知道,他在追求你,真的吃了一惊。因为你们之间的差距实在是太大了。"

"闯海"的女性有特质,不像大陆女人,把一切怨气都撒在"第三者"头上。她们会清醒地思考,能够反思出其中的合理性。而且她们也可以选择。所以,遗憾和怨恨容易被新的生活取代。

另外,她还有着好奇心:为什么别人赢了?她要研究。因为,她还有路要走,还有男人需要相处。

太太直率地说下去,她发现丈夫处于热恋中。这一次与从前不同。

她说,原来希望只是一个插曲。可是她发现,这回对方是执迷不悟。

"哼,他天天吵着要离婚,结果离婚是我先提出来的。"太太这样说着,有一种报复的快感。

饮品来了,她们就像一对闺蜜,品味着柠檬与茶点。

这个周末,大约时间还早。茶室里只有我和小乔她们这两桌人。

这样的约会,在大陆几乎不可能。

我心安理得地,一面欣赏那杂志上的时装、汽车,一面继续地旁听着。

太太向小乔诉说着他们夫妇一起来到海南的日子。

于是在我的脑子里像"过小电影"一样,放映出所有初来海南的人的故事。

到了海边,甚至没有准备游泳衣,就一起跳了下去。在海里狂喊大叫。这都是闯海人有过的清新回忆。

因为没有钱,他们两个人同喝一只椰子里的水。

后来有了新的房子,装修好了,他们在室内又跳又唱。以为他们将在这套满意的新居里幸福永远。

小乔一直在耐心地听,我想这对她很好。因为那副总对她讲的,只是他和妻子之间的厌恶和伤害。

忽然,太太说,她也还爱着这个男人,但她已经想通了,准备将这个所爱的男人交代给小乔。

然后,就像是送一个幼儿"入托",她讲了许多他的生活习惯,不能吃什么,什么会过敏,和喜欢吃什么。

她说,老公一进门,她就一手西瓜,一手拖鞋,递过去。

小乔叹口气说:"还是你接着来吧。我没有伺候过人。"

生活似乎就要被这位太太规定下来了。

小乔直接说:"要不要与他共同生活,我还没有想好。"

老实说,听了这些话,我也害怕这个婚姻了。

太太还嘱咐小乔,男方有很多亲戚,轮番地到岛上来玩,必须接待。

小乔说:"知道您是烹调高手,擅长做家乡菜,连婆婆都无话可说。"

太太说:"我做的小吃,你们公司的同事可爱吃啦。"

忽然,太太以一种黯淡的神色,不太情愿地吐露道:"其实我最伤心的是,如果我在某些问题上不能同意他,他会报复。"

小乔看着她,不知其所云。

她补充了一句:"他就不理我。"

小乔沉默了。半天呢喃道:"怎么是这样?"

这时,我明白快收场了,就到前台买了自己的单,一杯奶茶。走人。

不大工夫,小乔也回来了。

我看她半天还在发怔,就说:"冲凉吧!这一身汗津津的,能想出什么来?"

我先去洗了。湿着头发,来开窗户。这时候,海风已经吹来了。海口最美好的傍晚来临。

一会儿,小乔也一身凉爽穿着睡莲般的大袍出来了。

而在放水的时候,我已经听见她在唱歌。

她一唱歌,就是有个老板又要被"炒"了。

果然,她一面梳理头发,一面说:"我准备去深圳干了。那边有同学早就叫我过去。看海口这个样子,只会越来越冷清下去。"

我说:"那位副总,你打算怎么办?"

她说:"先晾一晾吧。他们在这里打官司分财产的,跟我什么相干啊?他们迟早要离,我不过是一个动因。"

我说:"这倒也该缓冲一下。如果他真为你好,何必要把你带进这个纷争里来。离了婚,再安静地来爱,不是更好吗?"

小乔点点头,说:"我所以不满意的,也是他口口声声说为我离婚,好像要我负责似的。其实,他一直也在犹豫。还是人家女方提出的。"

小乔早就想去深圳发展,那边她的同学多。一直留在这里其实与恋情有关。但这一次"情敌相见",似乎对她触动很大。

她说:"如果我们真有感情,那我过去也没什么。深圳到这里这么近。如果连这点距离都过不去,那也说不上有多少感情了。"

事后,为了这一次见面,那位副总极其恼怒。他对小乔说:"从此,她就站在我们中间了。"

在叙述他们婚姻状况的时候,他曾经关照小乔:"你只能以我的版本为准。"

这一步棋,促使小乔走出了这场情感纠葛。

她是一个很有见地、有现代意识的姑娘。如果不是她这么决策,那么我为她操多少心,也是没用的。

"庄生晓梦迷蝴蝶,望帝春心托杜鹃。"

在迷恋的时候,我们这一代人还少有像小乔这清醒的考虑和举止。

小乔离开海南不久,那位副总再次结婚了。

小乔一去不返。这个喜欢沉思而又敢于面对的女性,我时常怀念她那机智的火花。

在一次北大人的饭局上,一位学考古的校友忽然说出惊人之言:"婚姻是社会行为,爱情是个人行为。"

在座的每个人都惊悚了一下。

这最符合人性与现实真相的逻辑。

现在民国故事与佳话风靡,人们都知道徐志摩与陆小曼和王赓,面对三角关系,和平解决离异的过程。

情敌相见,不一定眼红。王赓慨然成人之美,自己也落得清风飘然。后来没有听到他的故事,但有这种气度的男人,会过得不错的。

还有一个不应该被遗忘的男子,就是《钗头凤》故事里头,唐婉后来的那位丈夫。当两个从前的恩爱伴侣在沈园不意邂逅,这位夫君显出了磊落襟怀。他让唐婉给陆游送去酒菜,自然而然地让他们相叙一番。

陆游当时是没有带家眷的。这次相会显然是极其克制的,后来留下了千古传诵的"红酥手,黄藤酒,满园春色宫墙柳"这首伤心的词。而唐婉的那首应答在力度上大大不如,所以流而不传。

面对情感的纠葛,现代人没有从前人的那种坦诚与豁达。

17. 豆豆、威姐、竹蓉

我要记叙这三个人。

豆 豆

那一年,《丽人》拍竣,可后期资金不继,一台风云骤散,只剩我守着一箱寂寞磁带。

每天我到一家川菜馆吃饭。老板很热情,因为他见过我拍片时的风光。不过我每天单调地进餐,白占一张桌子,也甚感惭愧。

海南生活的风味也在于此。《红楼梦》上说的那些瞬息变化,风流云散,黄粱梦醒的事情,常演不衰。这令人们练就了高明的自嘲术。而凡能自嘲者,都能翻身,翻起来特别快。

所以,海南还具备另一种势利术,就是发现英雄末路时,分外热情。这比人家在高处时才攀附,容易得多,回报往往很丰厚。

那段时间里,我就这样,吃着穷人饭,摆着富架子,领受着人们莫测的目光和莫测的热情。

我从海口那日夜不息的灯红酒绿中,从所谓"上流社会"中消失了。于是有人说我"卷款而逃"。他们以为我已经不在岛上,其实我还在,还在为这岛上的第一部电视剧苦苦煎熬,守护着这许多人艺术创造的半路心血。

鲁迅说过,"希望,本无所谓有,无所谓无的"。我不相信,希望,就这样会放弃我这样执着的人。

一盘"蚂蚁上树",一碗青菜汤。正吃着,一个小女孩站到我的桌旁,望着我。我笑,她也笑。她整洁可爱,梳着两只牛角辫子,一望而知是大陆女孩。我用一只空碗,拨了些米饭,让她和我一起吃。

忽然饭店老板夫妇双双来到我的桌旁,笑逐颜开。原来这是他们的千金豆豆,每天吃饭都很费劲,可今天到我这儿,却吃了一大碗。

老板夫妇说,以后不收我的饭钱。我说,那我就不来了。

于是说好,我每餐饭钱照付,豆豆的加餐,由他们自己负担。

从此,我有了牵挂。有时候在外面,人家留饭,也不能领情。

豆豆是我不回来她不吃饭的。有一天,她等到中午一点半。她母亲说:"阿姨一定是有事了。"她才自己吃了一点点。

而每当她的父母来到我们的饭桌面前视察,豆豆就会狼吞虎咽起来。有时候吃得超量。我连忙制止她。她母亲说,豆豆是吃给她们看的。说豆豆"向着阿姨",不向着父母。

这令我有些尴尬。

可能是豆豆在这岛上的孤寂心态,与我有某些相似之处吧。她的父母投入了生意,忽略了孩子。致使豆豆对我的依恋,超过对她的父母。

我反复对孩子说,她的父母这样忙碌,正是为了她。父母最爱豆豆。

后来我忙碌起来,到大陆做片子的"后期"。豆豆也上了小学。

一天夜里,我接到豆豆打来的电话。她告诉我,她一个人在家里,有点害怕。我告诉她,打开电视,放大声音,如果有人敲门,不能去开。

这样的事情常常发生。

与多数大陆人一样,她的父母有一个错误的观念,以为现在就是要"挣钱",等"挣够了",将来好回到大陆去过好日子。

她们不明白,生活是随时进行着的。看看人家海南人,再穷再富也要悠然自在地过着早茶、晚茶的日子,就知道钱是怎样赚来,又怎样花去的。

我曾经接豆豆到我的住处去玩。她回去后就跟她父母讲:"等我长大,要拿诺贝尔奖,不跟你们开饭馆。"

当时她父母听了大乐。

其实他们也是大学生,开饭馆不过是上岛的权宜之计。没想到,他们再也走不回去了。

在单调无趣的生活里,豆豆的父亲终于去赌钱了,家里时常爆发吵闹。

我离岛的时候,听说他们离婚了。豆豆也被送回大陆,到她的外婆那里去安身。一个小家庭追求幸福的梦就这样在挣到钱之后,却破灭了。

威 姐

在"海艺"时,为拍摄《丽人》,我有一个单独的办公室。

我买一个席梦思的床垫,白天立起来,晚上扔在地毯上,就睡觉了。

有一天,威姐上楼来,看见我这样生活,当时她就掉泪了。

她连声说:"不行,不行,不能这样子。"

马上她转身出去,愣给我买了一个铁床回来。

其实办公室放一个铁床,人家来了,我还得把它蒙上,不方便。

但威姐不由分说,并且从此好像就要把我监护起来。这令我温暖而不适应。

因为她很霸道,说一不二,时间长了,我会反抗。

她的慷慨与慈爱,有着触景生情的自然,让你不得不接受。

从旁观察,这也是她应对海口这个移民世界的妙招。人们来自异地,互不干预,可是她上来就像你的"大姐""大姨"那样行事、说话,弄得你一下子温顺下来,甚至百依百顺了。

这是一个终年住在宾馆里的女人。

在海口这样一个消费比大陆高出许多的地方,人们都是来"淘金"的,钱是要带回家去的。所以自己的住宿消费都非常节省。没有人敢这样成年累月地住在宾馆里。

我立刻想到了曹禺《日出》里的"交际花"陈白露。

但是威姐与陈白露不同,仿佛都是她在帮别人的忙。到宾馆里来找她的,都是来"求"她的人。

就是这家海口最气派的宾馆,也在欠她的人情。

因为消防不达标,差点被吊销营业执照,老板连忙去找威姐,请她去找人说话,摆平。所以,宾馆愿意她住在这里,白住都行。还害怕她一旦走了,遇到事情没辙了。

有一天,我进她的房间,看见她在整理一个奇怪的包裹,一罐可乐、一罐椰奶,还有香肠,仿佛是小孩的零食。

她郑重地对我说:"这是寄给我妈的,让她尝尝什么是可乐。她在那种地方,一辈子也没有尝过这东西。"

她母亲住在湖南的一个乡村里,是维吾尔族。威姐的父亲进军新疆后,娶了这位维吾尔族美女。所以威姐长得像洋娃娃一样,丰润、卷发、睫毛上翘。

我说:"她不一定喜欢吃哦。"

她说:"反正是尝尝嘛。告诉你,我在这里,吃到什么东西,都会想起我妈妈。她一辈子好苦啊。"

她这时候坦露出来的情感,是一般人没有的。

就为了这些真情的细节,我时常对她让步。

威姐的文化就是那种边疆部队文工团的水平,她直截了当,行止自然,有种魅力。

一天,我跟她去一家大公司谈事,坐在考究的会客室里,副总让人上了茶。威姐不为所动,伸手就把脚上的白色高跟鞋脱了下来,说里面有什么硌脚,拎得很高地看,还让那位西装革履的副总帮她看。

那人被弄得昏头昏脑的,也看了一眼。

一会儿,威姐说:"告诉你们老板,我今天没时间等他了。什么时候来,再打电话联系吧。"说完,套上高跟鞋,站起身来。

她的穿着有些异国风情,人又长得洋气,真令人有点摸不着头脑呢。

那位副总连忙要"留饭",可威姐扭头走了。

出来半晌,我才回味过来,她在人家那里脱鞋作势,纯粹是摆谱。这种动作也只有她行,因为她生来好气派,做出来一点不让人难过。

果然第二天早上,那公司的老板就打电话来请威姐吃早茶。她答"没时间"。

她要把那人晾够了才见面。

有时候,早上她来我这里,直喊:"小姐,小姐,我的小姐,吃早茶!"

我总是开夜车,睡不醒的。她强拉我到宾馆餐厅,人家已经收摊了。

因为我说了一句"想吃乳鸽煲汤"的话,威姐可以把餐厅老板找来,要人家马上做出来。

有一天,为了赶时间,威姐叫"的士"逆行,被交警拦住了。威姐跳下来大吵大闹,一把夺过交警手中的对讲机,和人家的队长讲起来。

威姐说,队长的上司是她的朋友,昨天还一起在歌厅。一大堆话,讲得对方也蒙了。于是她把对讲机递给交警,里面传出了"算了,放行"的命令。

在海口,大家是"男不问钱,女不问年岁"。都不问来历,就这么对付,觉得可以来往就来往一下。谁也不露底。

一天,威姐请我看演出,当我走进她的房间,看见她在摆弄一堆做饭的家什,什么铁锅、菜刀之类。

她见了我,神情黯然地说:"住宾馆太久了,我想自己做饭吃,找间房子去住。"

我看着她,一时无言。我不知道她是碰上什么难处了,还是真的想过家庭生活了。她比我年长,偶尔提起她的丈夫、女儿,都在老家。那天她忽然说,要把家人都接过来。

我心想,她在海口的形象就要变了,这样还能混下去吗?

又过了几天,那些铁锅不见了,问她,她说是送给服务员了。显然她的情绪已经恢复良好,又要继续打拼生涯。

威姐是个稀有人才,她具有湖南人的泼辣与谋略,又具有新疆民族的热情奔放。她把这两者结合互补,在海口这个人情淡漠的社会,成为一枝受欢迎的艳丽之花。

我听她说过,丈夫能力有限,一个家全靠她在挣钱。她在有计划地解决家那边的各种问题。

有一次,无意中她说起,她丈夫来过,刚走。但大家都不知情,没见面。

令我佩服的,是她的斗志,永远不衰退,永远那么热情地存在着,仿佛一切正在如盛开的花朵。

一切都流入她那在湖南的遥远的家庭去了。这就是她的原动力吧。

也许是威姐有着文工团的阅历,懂得"干部"的脾气,所以混得神秘风光。

人们想要发财,这没有什么可指责的。而环境规定了她们的手段。

又想起父亲早年对我说过的一句话:"钓鱼负鱼,鱼何负于钓?"

威姐对我说过:"我没有你那样的家庭,也没有你那样的学历,中国有几个北大出来的女性?你又这么年轻,有才气,漂亮。"

她总是说我"漂亮",还把人家送她的异国情调的服装留着,专门送给我穿。她也渴望一种姐妹的感情。我是她身边少有的一个没有戒备心的人。书呆子,没心眼。所以空闲的时候,她总是招呼我。

分别多年后,我突然又见到她。她还是住在海口的一家宾馆里。

她仍然穿着从前样式的服装,远处看也依然风情。她还在到处拉赞助,说是拍片,甚至拉到了山西煤老板。

她用着廉价的口红,给我看照片,她家中已经盖起了很大的楼房。

令我惊异的是,她说自己现在长住北京,看那名片上是很多国家级单位的头衔,副总经理、顾问等。她说,自己与诸多领导已经是朋友,"从革命老前辈那儿学到很多智慧"。

她的房间里,墙头贴满了她和一些头面人物的合影。在茶几上有一个文件夹,里面是有红印的批文。宾馆可以任她在墙上贴东西。

神秘的威姐,她告诉我,这些年几乎走遍了中国。

竹 蓉

在热浪沸腾、欲念滚滚的海口,忽然我眼前出现了一位静谧优雅的女子。

那天,她坐在她丈夫的摩托车后座上,来到我的面前。

她丈夫因来和我说事,特意介绍说,太太想认识我。

当这位仪态优雅的青年女性下了摩托,向我走来,令我非常遗憾的是,她腿带残疾。这似乎破坏了一幅美丽的画面。

她意识到我的反应,笑容里带上了歉意。仿佛在为她的不完美,向这个世界致歉。

于是我的心里立刻增加了一种厚度。这个女子美得曲折动人。

竹蓉,有一种西方的典雅美。从她的额头起,有圣洁感。眼睛、下巴,直至肩膀、胸,可以入油画。然而从腰以下,美流失了。因为小儿麻痹,她有一条腿是拖着的。

我不能忍心看她跛着走的样子。她只要一坐下来,就像女神一样安详自如。

直到认识她很久了,我依然有这种强烈的悲剧感受。

竹蓉就像是一座女神的胸像。

她的爱好与性格文静端庄,文学品位极高,欣赏古典音乐,对西洋乐的理解有灵性。她的家里非常优雅,布置有钢琴和书籍,充满了她这个人的宁静。在海口还有这样的角落,令人惊异。

竹蓉善解人意，她对别人的难处和心理奥秘似乎有特异功能，并且善于倾听，出语温存。

有一个大老板，被她的风度征服，对她流泪，诉说自己的内心世界。

这些强者在竹蓉的面前，自甘下风。因为竹蓉有一种强大的内心平静。有时让人觉得她像圣徒一样。

也许是自幼疾病的折磨，和她过人的天赋反差太大了，使她在人间领受到的爱与歧视太矛盾了，竹蓉对人生有足够的冷静和包容。

其实，就在我刚认识她，并以为她安逸地度着小家庭日子的时候，她一个人经历了一场巨大的风险。是在一切结束了，她才轻描淡写地讲给我听的。

竹蓉的丈夫是她的大学同学，农村孩子，当初他追求竹蓉时是很自卑的。

竹蓉给了他勇气和力量。他们有一个灵秀的小女儿。可是到岛上后，丈夫却有了外遇。他在业务上崭露头角，一个年轻的下属爱上了他。

丈夫向竹蓉提出离婚，两人商议好，在两个月后，女儿的学校放假，竹蓉带她回大陆一趟，就此公开分居。

不料两个月后，丈夫却被那个年轻姑娘抛弃，哭着求她原谅，重新回到家庭。

竹蓉内心已经做好一个人生活下去的准备，此时又毫无怨言地接纳了这回来的人。她说："他老实，不知道现在的女孩多变。"仿佛她自己没有受到过任何伤害一样。

我想,在她丈夫的心里,她一定像圣母一样。

竹蓉说,没有不变的东西。这样也好,以后再改变,自己也有了心理和现实的准备。

她应对世事非常从容。她跟我说,其实她得到这一切正常人的生活,就已经是意料之外的了。所以,她感恩。

她目光犀利,当时我正在情感困惑,她三言两语道出,人的分量不同,感情的分量也不一样。她在暗示我,不必纠结。

后来,我知道,她的生父原来我认识的,大陆来岛的一位官员。是父亲要她们到岛上来的。他很爱竹蓉,希望时常看到她。

在岛上,这位官员是以才情著称的,但有时我觉得他俗气。当竹蓉讲出这就是她的父亲,并为他的单身生活而叹息时,又令我知道了一桩人心的隐秘。

的确,不能随便评论你不知道的别人的生活。

竹蓉的父母离婚了。我也见过她母亲,曾经来岛,住在她家里面。这是一位知识女性,个性强烈。好像竹蓉的残疾也与这位母亲当年的照料不周有关。所以父亲有恨,最终离婚。

竹蓉包容着家里家外的一切,而别人则无法分担她优雅的苦闷。

她能消化一切,呈现给这个世界清雅和幽香。

18. 家乡菱与海南粽

尘世茫茫,岁月如烟。正是名缰利锁驱人,背井离乡之时。

黄昏已至,依然酷暑如蒸。电话频频,总是催人催稿催钱的烦事。不接最好,不接又无奈。

忽然间接得一个电话,烦闷中好似飞来一朵云。

"知道明天是端午节吗?晚上在不在家?给你送两个粽子来。"

这里有我的云南老乡,不时送些家乡小菜来令我思乡。次日,又来一个办事的女友,也带了粽子。

我的冰箱满了。于是轮到我打电话:"喂!知道明天是端午节吗?今天到我这儿来吃粽子。"

一个也是天涯沦落人的北京老大姐,正在为人家催她搬家而烦恼。她搬了两盆花来送我,又絮絮叨叨地跟她的花告别:"你们好好地待着,再过半年我会来看你们的。"其实是说给我听。因为我照顾不周,刚养死了两盆。

我就拿出粽子加热给她吃。

老大姐说,刚才在街上看见有个老太婆拿着粽子卖,才知道是端午节。有个小伙子问了一句,"这是粽子吗?"那老太婆就要把个粽子给他吃。小伙子不好意思跑了。老太太久追着给他,说:"你尝尝,你尝尝!"真有意思!

这是教人过节的老太太啊!

我一边剥开层层粽叶,吃包含着蛋黄、精肉的海南文昌粽子,一边想到,在文昌的乡下,老太太种了粽叶,泡米,腌蛋,切肉,终于在端午节前几天坐下来。一个一个包粽子,一串一串都煮好,叫进城的人带去,送给那在城里工作的儿啊女啊,亲啊戚啊。

于是我的老乡就有了文昌粽子,于是我也有了粽子。我的朋友也吃粽子。在老太太那一片扩大了的母爱中,我们这些天涯的游子都坐下来吃了一个或几个粽子。

有人说,原来,海南的粽子是这样的。有人说,还有像枕头一样大的粽子呢!有人想想说:"那不是吃的,那是包了做摆设的,敬神的吧?"

"过去又没有冰箱,怎么保存?"

给我做饭的海南阿姨听见了,说:"不!乡下的人包那么大的粽子,用草灰埋起来。慢慢地吃哩。"

我的母亲是在街上买粽叶回去包粽子的。我们昆明的粽子比这儿小得多,粽叶把糯米染得清香青绿,我们爱蘸着白糖吃"光粽子",就是没有什么馅的粽子。

现在母亲身边有两个吃什么都甜的小孙子。他们会吵着"要吃粽子",母亲就会得到极大的满足。

母亲肯定以为我这远方人,又不自理生活,是在节日之外的了。其实,我连着吃了几天海南粽子,反而比哪个端午节都吃得

在公司修理花枝

多了。这点是要打电话告诉家里去的。

这位老太太究竟包了多少粽子呢?在海南的乡下又有多少这样的老太太呢?她们包粽子的量肯定大大地比以前增多了。

海南开放,来了那么多的大陆人。她们儿女的交往与朋友也扩大了不少倍呢!

乡下的老太太们,不知道今日股票是多少,不知道明日高楼炒多少。可是她们知道,岛上已有了多少多少的人。这些人也该过个端午节。

海南岛人自古好远游,是为侨乡。老母亲们想到自家的游子。对外来人也是添一番慈祥心肠。

我想,我们这批闯荡天涯的游子已经被海南大地接受了。是海南的母亲一面包着粽子,一面接受了我们。在这节日之际,她们想到了我们,令我们也想到了海南。海南的节日包容了我们。

这是在一个经济不景气的年头。很多公司走了。很多人也走了。很多赚了钱又赔进去的人说:"这好像是一场梦。"街上很乱,夜里常出些事儿。

正当无情的金钱在使人们变得日渐无情的时候,老太太们依然故我地、一五一十地包起了粽子。

日子还在过下去。

金钱可能是梦。可节日不是梦,母亲不是梦,人生也不是梦。

我想起了家乡的另一些老人。

那是在另外一个节日里。

在重阳节这一天,我们昆明街上要卖一种用五色麦草编的菱形的小船、小楼、小星星、小灯笼等等。

当我还是小孩子,这些东西只是两毛三毛一个。家境清寒的我,也有那么一两件彩菱玩意儿。

这年回乡,我带着小侄去寻买彩菱。现在,孩子们玩的都是些塑料玩具,没几件是从大自然里来的,没几样是和春种秋收有关的。这样会闭塞孩子的性灵的。

家里人都说,现在哪有这种菱卖?乡下人都在忙着赚钱啦!乡下的孩子都是玩的电子遥控玩具啦。

终于,我和小侄在一条冷落的小街口发现了一位慈眉善目的乡下老太太。她用那种阴丹士林蓝的头巾包着头,一身蓝大襟衣服。她的嘴巴已经老得瘪了下去。她的怀里合该抱着个孙儿,现在抱了我朝思暮想的东西——一只只五色麦草编的菱形小船、小楼、小星星。

这条小街,正是当年我们随大人来买这些乡下玩意儿的地方。而今大人带着孩子们直奔百货大楼、友谊商城之流。这里似已无人问津。

老太太见了我,正像我见了她一样高兴。一面数着、挑着,一面我们互诉一种别离情。

我说,果真让我找到了!我家里人都说,这年头,没有人来卖这个了。但我小时候玩过,长大走遍了全国,也去了外国,还是觉得它精致好看。现在还想给后代玩一玩,让他们知道,不光是钱贵的东西好玩,这田里头的草,人用手工也可以把它做得很美。把它放在屋里,使人想到田野,很有味道。我心里还说,让孩子从小领悟出一种来自大自然的超乎钱之外的乐趣。

老太太更高兴了。她说,她家里人也是叫她"不要搞了"。说"城里孩子现在谁还玩这个?"家里又不缺这几个钱,这么费事费心地做出来,连工本费都没有,做什么呢?

我挑了三件,问她:"多少钱?"老太太说:"这个两毛,这个三毛……"

我一愣,怎么还是我小时候的价钱?老太太啊老太太,我都长成这么大了,物价比我还长得快,你怎么能不涨价呢?

老太太忽然有些羞涩。她说,这些东西年年都卖这个价,涨价?要那么多钱,也说不出口。不过就是麦草编的东西。再说,真是买的人少,再要多了,更没有人买了。

我道:"麦草虽不值钱,可是人的功夫值啊!"

老太太还没有现代观念,不知道越是人手工的活,越是值好价钱。要是进入什么精品商店、友谊商场之类,不知道要喊到什么天价去。

老太太如逢知音,"哎呀!"一声,连说:"你家是个懂事的人,说的话在理喔!"

她便告诉我,要做这些菱,不是一天两天的事。季节一到,就要选好麦草,一根一根地挑,理整齐了,晒干,然后染颜色。然后来精心地编。先编成小菱角,再用红丝线把它们串成各式的船、灯等。

我说:"你家那么多年轻人,不会叫他们来卖?"

老太太说:"现在的这些年轻人,进城来只图玩,不好意思来卖这个东西。"

接父母及家人游览三亚"天涯海角"

回到云南。继续做制片人

我说:"那卖菜不是卖?"

她说:"那是菜市,大家都卖,又不用叫唤。他们嫌站在这里丢人。人家警察还要来管。"

其实还有一点,就是卖这玩意儿对老太太是个享受。她有着和生命一样的感情。也许,在她孩童时,一位和她现在一样老的老奶奶,就开始教给她这种把节日带给城里人的美的工作。

带着小侄回到家里,得意地展示我的收获。报了价,家里人都不相信,说我"肯定是自己花了冤枉钱,回家来不敢说原价"。

我是有过几次那样的经历,被他们揭穿过。不过这次没有"虚报"。面对他们的"不信",我闷闷地在想那位老人。我们都是孤独的。美的追求者的命运。

她希望的正是一种"不中断"。不中断的彩菱,不中断的节日,不中断的乡情,不中断的人间生涯,不中断的民族之路。

这老人不一定能说出什么"文化""历史""使命"这一类的话来。但她做的正是这样具有千秋之功的大事情。她那样的深情,执着,有责任心,害怕民族的美失传。你不必说她"无私"。她的"私"已经溶解和存在于这美丽的功业中。

这位老人,和那教她的老人,老人的老人……这是一批美丽的老人,是我们民族的美,历史的美。

谁说中国没有"圣诞老人",她们比圣诞老人更美!

文学,现在也是一桩过时的古老的职业了。

文章,也像是一串彩菱,一个粽子,在人间,只是有那么一两天让人想起的。

而在这不停的艺术采撷和编织中,我的华年正在过去。那些赚钱的和出国的等等的"机会"也在过去。

很快,我也将成为乡下的包粽编菱的老太太了。

我只是在悉心地挑选我的麦草,我只是在熬灯费油地编啊。等我满心喜悦地抱在怀里一挂菱,街头冷落,盼穿知音。

那时,是否也会有我这样的记得起来的中年人,带着后代来寻那菱?

希望着能把那些粽子和菱角分发给忘记了节日的人们,这种事情,我是要做下去的。

因为我们的风俗是这样的。我们有粽,我们有菱。传过了祖宗多少人的手,不能中断。

管它期货涨,股票跌。菱和粽,才是一个人群的传承。

海南的经济进入了困窘,熟悉的人们纷纷回大陆。

我起了强烈的思乡之情。跑回昆明,把家人们叫过来,让他们看一看海南的风光。

父母带着两个孙子,嬉戏海边,感觉熟悉而又新鲜。对于高原的人们,大海早已是梦中和文学中的意境。父亲去看了海瑞墓,他最想去的苏东坡旧址,因为在修路,没有去成。

一九九七年,我回到昆明,用海南公司的经营权为知青拍摄了一部纪录片《知青行》,在云南电视台播出,反响颇大。

在首播仪式上,当时的省委领导邀请我回乡,参与云南民族文化大省的建设。

一九九八年夏天,我正式回到昆明,把在海南的公司停业了。

人们告诉我,随时可以回来,再启动我的公司。

再见吧,大海!

2014 年 8 月—2015 年 4 月清明节前定稿

后记:"摸着石头过河"的鱼虾们

三千多年的文字史,在我心目中,最足以称雄于世界之林的,莫过于《诗经》了。

那种如怨如诉、春去秋来、悲欢离合、民情喜乐、天地同感的境界,在后来各个时代杰出的文学家们都有所继承。而在当代似乎要绝种了。

当代某些热衷于写"草根"的,骨子里却是在编派和出卖底层,毫无尊严与尊重,邀宠之心是向上、向外和崇洋的。

不管它"获大奖",博销路,它们都不是来自《诗经》的精神源头了。

但在生活与历史的底层,依然存在着《诗经》那样厚重与朴拙的内容。

二十世纪最后十年,我在海南开公司,这一段阅历,在演艺界不稀罕,在作家们当中可能是少有。

海南是我在那年夏天从梦想高处跌落的一个真实人间。它带给我人生不同角度的经历。

三亚的一块礁石上刻着"天涯"二字。第一次见到它时,有一种游览的得意;第二次再见,则发生了"地老天荒"的被放逐的恓惶。

中国古人以为"天圆地方","天涯"的意念,就是"尽头"。无论就地理、就人生、就运势,都指"无可退路"。也有好意:"天涯何处无芳草""天涯共此时""天涯海角觅知音"等。

在天涯海角发生过的那些真实的故事,真实的人影,沉潜在我的心底。那些朝夕相处的人们,不管他们是"落马""落水"的,或者是"被侮辱与被损害的",构成了我岁月的温馨图片。瞬息风华,一去不复返。

当年在海南,人们常常用"小鸟天堂"来比喻初开放的特区。

小鸟在黑屋子里关久了,翅膀僵了,眼睛昏花。门一打开,光线进来,立刻乱飞,互相碰撞的、撞在墙上的皆有,一片混乱,但再过一会儿,就好了。鸟儿们适应后就会舒展自由地飞向蓝天,飞向远方。

不能说:"怎么这么乱啊?不行,不能让它们乱飞。还是关着门好,谁也不飞,连翅膀也不扇一下,多安静多有秩序啊!"

那最初的海南就像"小鸟天堂",每个人都会参加进这刚开始在黑暗里的飞行的。渴望自由的鸟儿,是不会怕什么乱的。

飞吧!只有飞过,才能对我们的后代有个交代。他们将来无疑是要飞翔在高高的蓝天上的。

在海南岛上发生过的种种,我不想用简单的善与恶的传统标准来判定。当年我以为这是一次伟大的试验,在试验完成之后,腐败的东西自然会被消除,而清新与健康会令我们这个民族的肌体获得活力。

然而事非所愿。在海南开放之初曾经发生过的种种奇怪的悖情违理的事情,譬如女性出卖自己,譬如"黑道"规则渗入官场等,后来都在大陆发生和成为普遍,摇撼着我们这个民族的生存根基。

而那曾经激励过我们的自由梦想,却更加遥远了。

中国的市场经济模式,自然有许多人物在设计,大学者在策划,大资本在运行。那都是耕云播雨的龙王与大爷们。而我和我在海南所认识的,不过是"摸着石头过河"的小鱼小虾罢了。

这本书的名字本来想叫《"摸着石头过河"的鱼虾们》。

在磅礴的大潮和历史事件中,是不可能没有"鱼虾们"的。我们自己也不过就是这一类。"鱼虾们"的角色,是最大多数人的角色。

书中的"小人物",是没有社会声名的那一类芸芸众生们,我一律用了化名。因为他们虽然愿意被我记住和提起,却不一定喜欢成为大众口舌上的材料。

编辑说,作为一本散文,名字亲切入口些好,那我就叫它《涛声人面》吧。

这是从古诗"人面不知何处去,桃花依旧笑春风"来的,以示对我那些故人们的一点怀念吧。人面不知何处去,涛声依旧啸长空。

我出道于人民文学出版社,处女作《有一个美丽的地方》,后来改编成电影《青春祭》。

对人文社我怀有真挚的犹如"娘家人"的感情。记得恩师韦君宜对我的发现,对我的人生做的指导,还有一拨拨对我用心良苦的前辈编辑们。

怀念那里曾经弥漫的人文精神。

那幢旧楼里已经装满了新来的人们,但老人文社却装在我的心中了。

2015年4月3日清明将至